光文社文庫

シャガクに訊《き》け！

大石　大

光　文　社

Contents

目次

ガイダンス

カウンセリング

現代社会においては、社会的・文化的変動が急激で、これに適応することが困難な人びとが増加しているので、これらの人びとが自主的に問題を解決することができるよう心理的に援助するカウンセリングが発達している。

ノックした男子学生が、緊張の面持ちで学生相談室に入ってきた。握った手を膝に乗せ、背筋を伸ばしてソファーに座る。

「法学部三年の横島《よこしま》といいます。よろしくお願いします」

彼はまず向かいに座る私に頭を下げた。それから、私の横でチーズケーキを夢中で頬張っている猫背の男性を怪訝《けげん》そうに見つめる。

私は咳払いを隣に向けた。

「上庭《うえば》先生！　相談者が来てるんですから、おやつは後にしてください！　失礼ですよ！」

すると上庭先生はケーキを咀嚼《そしゃく》しながら真剣な面持ちで私を見据えた。

「どんなときでも自分を貫く。それが僕のポリシーなんだ」

「ごちゃごちゃうるさい！　言うこと聞かないとそのケーキ、先生の顔面に投げつけますよ！」

私が一喝すると、先生は途端に情けない表情になる。

「松岡《まつおか》さんは悪魔だ。この僕から甘い物を奪うなんてひどすぎる」

先生はぶつぶつと文句を言いながらも、ケーキをテーブルの端に寄せた。

まったく、私と違って給料もらってるんだから仕事しろよ。

「あの、ほんとにこの人が先生なんですか……？」

相談者の横島さんが心配そうに訊《き》く。

「ええ。私は助手みたいなものです。この先生、ただのダメ人間にしか見えないかもしれないですけど、いやダメ人間なのは事実ですけど、最後には必ずいいアドバイスをしてくれますから、安心して相談してください」

横島さんにほほえみかける。彼は相変わらず眉をひそめ、不信感をあらわにしている。

でも大丈夫、私が決して気休めを言ったわけではないことを、相談室から帰る頃には理解しているはずだ。

「それで、今日はどういった相談ですか？」

私が尋ねると、横島さんは口を開いた。

「ゼミの先生がひどい人で、悩んでるんです」

思わず、上庭先生の顔を見た。

「何だよ、あてつけのように人を見て」

「いえ、別に。ひどい先生に当たった学生は大変だ、と思いまして」

「あの……」

横島さんが不思議そうに私たちのやりとりを見ている。「僕、変なこと言いました？」

「いえ、何でもありません」

私は笑ってごまかし、話を続けるよううながした。

私は想像する。この相談者に、私たちは相談室の職員ではなく、社会学部の学生と先生だと告げたら、どんな顔をするだろう。私は上庭先生のゼミに所属していて、今がまさにゼミの活動中だと知ったら、どれだけ驚くだろう。

ゼミの時間に先生が大学の学生相談室で働いていること自体がおかしいし、その手伝いがゼミの活動になることはもっとおかしい。

それでも私は、毎週この時間を楽しみにしている。上庭先生の口からどんな話が聞けるのか、心を躍らせながら相談室を訪れている。

なぜこんな事態になったのか。すべては今年の三月、基礎ゼミの担当教員だった幅増《はばます》先生から、大学に呼び出されたことが始まりだった。

一限目　ラベリング理論

犯罪その他逸脱行動の存立を、逸脱者と直接・間接にかかわる他の人びとの認知や評価（逸脱のカテゴリーの付与や社会的反作用）によって説明しようとする立場。

1

「いやだああああああ！」

私の叫び声が、研究室に響きわたった。

覚悟は決めていたはずだった。

期末試験が終わった段階で、最悪の結果を予想していた。

大学に呼び出された日、私は取り乱すことなく宣告を受け入れようと決意した。堂々とした足取りでキャンパスに足を踏み入れ、研究室をノックした。幅増《はばます》先生が厳しい表情で椅子に座るよううながしてきたけど、私はにこやかな表情を崩さず腰を下ろした。

うまくいったのはそこまでだった。

幅増先生がその言葉を放った瞬間、私は現実を受け止められず、叫び声を上げて先生の声をかき消した。

声は消えても、現実は変わらない。

「留年……」

私は両手で顔を覆う。私大の高い学費を払ってくれている実家の両親が、一年目からいきなり留年したなんて知ったらどう思うだろう。

顔を覆う指の隙間から、窓の外の風景が見える。ここは社会学部棟九階。飛び降りれば確実に死ねる。

よし、飛び降りよう！

「気をしっかり持つんだ、松岡」

やけを起こして立ち上がりかけたところで、タイミングがいいのか悪いのか、幅増先生が声をかけてきた。

「もう少しで進級できたんだけどな」

テーブルの反対側に座る幅増先生が、同情のこもったまなざしで私を見る。

幅増先生と二人きりなんて、本当ならもっと喜ぶべきことなのに。

幅増先生は学生時代は砲丸投げの選手だったらしく、分厚い胸板でブランド物のスーツがはち切れそうになっている。色黒で彫りの深い顔にたくわえた鬚《ひげ》が野性的な色気を醸《かも》し出していて、女子学生からの人気はすこぶる高い。研究者としても優秀で、三十歳で准教授なのは社会学部では幅増先生だけだ。先生と研究室で二人きりになれるなんて、熱烈な幅増ファンである友達の風子《ふうこ》に話したら嫉妬のあまりぶん殴ってくるかもしれない。

もちろん、留年の宣告を受けている現状ではときめきなどかけらもない。

「一単位だけ、足りなかった」

慰《なぐさ》めるような口調で語る言葉は、余計に私の心をえぐる。

「私、先生の講義も受けてたんですけど……」

「現代社会と社会学」という講義を受講していた。講義はサボってばかりだったけど、友達が講義ノートの画像をＬＩＮＥに載せてくれたので、テスト前日に猛勉強して頭の中に叩き込んだはずだった。

「ああ。よく解けてた。間違っている箇所を除けば満点だった」

「そりゃそうですよ！　フォロー下手すぎ！」

私が打ちひしがれているところに、先生は追い討ちをかける言葉を放った。

「それと、他の講義のテストだけど、君、名前書いてなかったらしい」

「嘘でしょう？」

反射的に立ち上がった瞬間、太ももをテーブルにぶつけ、弾みでふたたび椅子に尻もちをついた。痛みに悶絶しそうになりながら、死の衝動がまたも胸を突き上げてくる。私、間抜けすぎじゃない？

「先生、ここから飛び降りてもいいですか」

「そう言わずに、せっかく淹《い》れたコーヒーでも飲んだらどうだ？」

言われたとおり、コーヒーを口に含む。私好みの濃厚な苦みを持つコーヒーだったけど、すさんだ心を落ち着かせるほどの力はなかった。

「運が悪かったな」

いたわるような声音で先生が言う。

「去年、ほとんど講義出てなかったからなあ」

遊びとバイトに明け暮れた一年間だった。地方から引っ越してきて、都会の華やかさに圧倒された。大学生活では友達がたくさんできたし、つい最近別れたけど生まれて初めて恋人もできた。デートに飲み会、カラオケに趣味の野球観戦。平日の夜と休日は遊びの予定で埋まり、予定がなければ一人で買い物を楽しんだ。当然お金がなくなるので、平日の昼間はバイトばかりしていた。たまに大学に来ても所属しているお菓子作りサークルの部室に顔を出すくらいで、講義に出席することはほとんどなかった。テスト勉強も直前に行ったただけだった。一夜漬けで何とかなると思っていたけど、あまりにも舐《な》めていたようだ。

「昔の大学生みたいだな。最近は真面目に講義を受ける子が多いから、君みたいなタイプは珍しい」

幅増先生は苦笑いを浮かべる。

「先生、本当にもうどうしようもないんですか。今から進級できる方法って何かありませんか」

必死の思いで幅増先生に訊く。間にテーブルがなかったらすがりついていたかもしれない。

とはいえ、頭の片隅では、どうせ無理だろうとわかっていた。世の中そんなに甘くない。自業自得と認め、四月から心を入れ替えて勉強に励むしかないと思っていた。

ところが。

「そのことで話がある」

「えっ？」

「今から留年を回避できる方法が一つだけあると言ったら、どうする？」

一瞬、耳を疑った。

「そんなことできるんですか？」

「成績は事務に提出済みだから、もう変更はできない……原則としてな」

「例外がある、ということですか？」

「上からの圧力があれば、決定事項が覆《くつがえ》る可能性も、組織の中ではあり得るということだ」

そこで先生は目をそらし、少しの間ためらいを見せた。

「ここからの話は他言無用にしてくれ。約束できるか？」

「わかりました」

そう答えるしかない。

「君は、上庭良明《うえばよしあき》先生を知ってるか？」

「うえば、先生？　社会学部の教授ですか？」

「教授というか、まだ専任講師だけどな」

「上庭先生……あ、思い出しました。社会心理学の講義を受け持っている先生ですよね」

「どんな先生かは知ってるか」

「顔は見たことないですけど、まあ、何となくは」

本当は、上庭先生のよくない噂は耳にしたことがあった。だけど、幅増先生の前で他の先生の悪口を言うのはさすがにはばかられた。

講義はつまらなく、最後まで起きているのは至難の業と言われている。学生からも人望はなく、ゼミ生は一人もいない。

上庭はシャガク一のダメ教師。風子がそう評していたのを思い出す。

「ところで、二年に進級したらゼミを選択できるのは知ってるね？……というか、そもそもゼミって何だかわかる？」

「さすがに私のことバカにしすぎですよ」

ゼミとは少人数で行う研究活動のこと。先生の話を聞くというよりは、全員で学術書を読み込んだり議論をしたり個別に設定したテーマに基づいた研究を行ったりして、四年生になったら卒業論文を作成する。先生は全員自分のゼミを持っていて、それぞれの専門分野に基づいた活動を行っている。学生は、興味を持ったゼミを選択して、途中で辞めない限りは同じゼミに卒業まで在籍する。希望者が多いゼミは事前の選考で落とされることもある。

……この説明でだいたい合ってる？

「もう一つ質問させてくれ。本来は一年生のときに、社会学の基礎を勉強してもらわないといけないんだが、君には基礎が身についたという自覚はないね？」

「身についてないから留年したんです！」

するど、先生はなぜか満足そうにうなずいた。

「よし、君にはあいつのゼミがぴったりだ」

幅増先生は真剣な顔で私を見つめた。

「松岡、君を進級させてやる。その代わり、来年度は上庭ゼミに入ってくれ」

2

四月、新年度を迎えた。桜が満開になったキャンパスに、初々しい新入生の姿が目立つ。

大学が始まって最初の火曜日、私は社会心理学の講義へ向かった。

百人近く入る教室なのに、学生は十数人しかいなかった。こんなに人が少ない教室は見たことがない。

上庭先生は、チャイムの五分後、黒のトレーナーに黒のジーンズという姿でやってきた。

病人みたい、というのが第一印象だった。白いというより、青白いと形容したくなる顔色で、身体《からだ》つきは風が吹けば飛ばされそうなほど細い。九十分の講義を行う体力があるのか心配になるほどだった。

歩き方もぎこちない。学生たちの視線を避けるように頭を下げ、肩を縮めている。

もしかして病気なのかな。

心配していると、上庭先生はマイクを持って教壇に立ち、顔を伏せたまま第一声を発した。

「社会心理学担当の上庭です」

声、小《ち》っちゃ！

「あのですね、今日はまず、講義の概要と社会心理学の基礎についてお話しして、次回から本格的な内容に入ろうと、そんなふうに考えているのですが、いかがでしょうか。今申し上げた進め方でよろしいでしょうか……」

自信なさそうに何度も確認する先生に向かって、いいからさっさとやれ！　と怒鳴りつけたくなる。

上庭先生は講義を始める。聞いていると、声は小さいだけでなく、終始震えていることにも気がついた。

この人、もしかして緊張してるの？

いや、まさか。人前で話すことが仕事の人間が、たかが十数人を前にしたくらいで緊張するはずがない。

時間が経つにつれて、退席する学生が増えてきた。声が小さいだけでなく、説明も回りくどくてわかりにくい。終了のチャイムが鳴る頃には、教室に残っていた学生は私を含めて五人しかいなかった。話を聞こうと努力していたのは私だけで、他の四人のうち二人は眠りに落ち、残りの二人はスマートフォンをいじっていた。

講義を終えた先生はあからさまにほっとした顔つきになり、逃げるように教室から消えた。

昼休みになったというのに、私はしばらく席を立てなかった。

「私、ほんとにこの人のゼミに入るの……？」

教室が無人なのをいいことに、声に出して本音を漏らす。

だけど、私に上庭ゼミを拒絶する権利などない。幅増先生から提案された交換条件を、私は受け入れたのだから。


留年を告げられたあの日、幅増先生は上庭先生のことについて語った。

「上庭は、俺の古い友人なんだ。小学校から高校までずっと一緒だった」

「親友なんですね」

私が何気なく言うと、先生は途端に顔を引きつらせた。

「親友だなんてやめてくれ！　冗談じゃない！　ただの腐れ縁だ！」

「す、すいません……」

幅増先生が取り乱すのを見るのは初めてだった。先生はコーヒーを飲んで落ち着きを取り戻し、話を続ける。

「これは知る人ぞ知る事実なんだが、上庭の親がな、この大学の理事長なんだ。理事長の父親が大学の創設者で、今の理事長は二代目に当たる。創業者一族で、絶大な権力を握っている。そんな理事長に、一つだけ悩みがある」

「上庭先生のことですか？」

「ああ。上庭がまともに教員として役に立っていないことだ。特に、ゼミ生が一人もいないことを理事長は憂慮している。そんな教員、大学中探しても他にいないだろうからな」

幅増先生がため息をついた。「この間理事長と上庭の話をしたときに、何とか俺の受け持ってる基礎ゼミからあいつのゼミに学生を送り込めないかと頼まれた。俺は断った。学生はそれぞれ進みたい道があるはずだから、それを邪魔するわけにはいかない。そうしたら理事長が、留年しそうな学生はいないのか、と訊いてきた。進級と引き替えにゼミに入ることを勧めたら、きっとその条件に飛びついてくるんじゃないか、ってな」

「ちょ、ちょっと待ってください」

私は慌てて先生の話を止める。「それ、冗談で言ったんじゃないですか？　いくら理事長だからって、そんな強引な真似……」

「するんだよ、あの人は」

先生が言い切った。

「でも、やろうとしたところで、そんな要求通るわけ」

「通すんだよ、あの人は」

先生がまたも言い切った。

「あの人にはどんな無茶な要求も通し切ってしまう力がある。そもそも、十年前に社会学部が新設されたのだって、大学で社会学を専攻した上庭に勤め先を作るためだったんだから」

　私は開いた口がふさがらなかった。話の行き着く先が見えてきたというのに、私の心境は、喜びや安堵という感情にはほど遠かった。あるのは戸惑いだけ。こんなこと、本当に許されるの？

　呆然とする私に向かって、あらためて幅増先生が提案した。

「松岡、君を進級させてやる。その代わり、上庭ゼミに入ってくれ」

3

　翌週の木曜日。ゼミの時間が始まる、その十分前。

　私は幅増先生に連れられて、総合棟の前にやってきた。総合棟には、カフェや食堂、生協の店舗、コンピュータ室など、学部にかかわらず学生全員が使う施設が集まっている。講義やゼミを行うための部屋なんてないはずだ。

「あの、ゼミの教室って社会学部棟の八階だったと思うんですけど」

「書類上はな。さあ、行こう」

　幅増先生は手招きしながら総合棟の中へ入っていった。

「上庭は毎週この時間、別の仕事があって総合棟を離れられないんだ」

「ゼミができないじゃないですか」

「ゼミは、あいつの仕事場で行う」

総合棟に仕事場？

「仕事中なのに、邪魔にならないですか」

というより、ゼミの時間に他の仕事が入っているなんておかしくないか。

「ならない。というより、君にも仕事を手伝ってもらう」

「嫌ですよ仕事の手伝いなんて！」

「まあ落ち着いて。どういうことかは、行ってみればわかる」

廊下の奥にある階段を下る。上の階にはカフェやコンピュータ室へ行くために足を運んだことがあるけど、地下にはどんな部屋があるのかすらわからない。

地下一階に出ると、廊下が横に延び、両側にドアが並んでいた。人の姿はなく、二人の靴音だけが響く。

一番奥まで進むと、先生が向かって左側のドアを指さした。

「ここが君の教室だ」

ドアに、「学生相談室」とあり、その下に「相談受付中」と書かれたプレートが下がっていた。

「あの、先生。どういうことなのか、私にはさっぱりなんですけど」

「入ってから説明するよ」

幅増先生がドアをノックした。「おい、上庭、入るぞ」

返事を待たずにドアを開ける。

室内には、異様な光景が広がっていた。

真新しい白の壁紙で囲まれた部屋の正面に、小さなテーブルを挟むように二人がけのソファーが二脚置かれている。向かって右側のソファーの上に、ゼミの先生が立っていた。

上庭先生は、私たちに背を向け、ロックバンドのライブに来た客のように首を激しく振り、身体をくねらせていた。

この人何してるの？　何かの儀式？

「何考えてんだ、あいつは」

幅増先生は乱暴な足取りで中へ入った。

上庭先生の耳元に、コードレスのヘッドフォンが装着されている。至近距離まで来ると、ボーカルの叫び声とベースやギターをかき鳴らす音が漏れているのがわかった。ライブの客みたい、と思ったのはあながち間違いじゃなかったらしい。

「上庭！　お前、何やってんだ！」

幅増先生が上庭先生を蹴り飛ばす。吹き飛ばされた上庭先生は、棚の脇に置かれた観葉植物の根元に頭から突っ込んでいった。激突の弾みでヘッドフォンが外れ、音の漏れが大きくなる。苦痛に顔をゆがめた先生が頭を押さえながらこちらを見た。

私たちに気づいた先生の白い顔が、逆立ちしたみたいに真っ赤に染まる。慌ててヘッドフォンに手を伸ばして音を止めた。先生の額からは汗が噴き出していた。

「お前、バカなのか？」

幅増先生は上庭先生の腕を引っ張って強引に立ち上がらせた。「ゼミ生連れてくるから待ってろって言っただろうが。忘れてたのか？」

幅増先生はふだん学生には使わないような乱暴な言葉遣いで上庭先生を罵《ののし》った。

「ゼミの時間は三時十分からだよね。まだ五分前じゃないか」

「五分前行動って言葉を知らねえのか？　小学生からやり直したらどうだ」

「僕だってやり直したいよ！　あの頃は最高だったなあ。勉強は簡単だったし、毎日二時半には授業が終わったし、家に帰ったら寝るまで漫画読み放題だったし。どうしてあの日々が永遠に続いてくれなかったんだろう」

「確かにあの頃のお前は楽しそうだった。何より人気者だった。女子トイレを覗いてたという噂のおかげでクラス中から変態ともてはやされてたな。帰りが一緒だった俺たちからはランドセルを預かってくれと頼まれて、毎日五人分のランドセルを持って歩いてた。小学生にとってランドセルは命の次に大事な物だ。それを任されたんだからお前はみんなから信頼されてたよなあ」

「嫌なことばかり思い出させるなよ！　誰なのか知らないけど、僕が覗き魔だって噂を流した奴に、僕は未だに殺意を抱いているんだからね」

「ああ、それ俺だよ」

「殺してやる！」

上庭先生は首を絞めようとして果敢にも細い身体で突進するが、幅増先生の太い腕に呆《あっ》気《け》なくなぎ払われ、ふたたび尻を打った。

今のやりとりを見て、ひとつ新しい情報を得た。幅増先生は、本性はドS。今度みんなに教えてあげよう。

「まあ、お前が大音量で音楽を聴いてた理由は何となくわかる。久々にゼミ生迎えることになって緊張してるんだろ。指導がうまくいかなくて、失望されて途中で辞められたらどうしよう、って不安になって、気を紛らわせてたんだよな」

「……悪い？」

ふてくされる上庭先生を見下ろしながら、幅増先生は鼻で笑った。

「悪いなんて言ってねえよ。不安になるのは、頑張りたいと思ってるからだろ。働く意欲があるのはいいことだ」

「誤解するな。僕は労働は嫌いだ」

「堂々とした口調でクソみたいな主張するんじゃねえよ」

「家のソファーで甘いお菓子を食べながらだらだらと漫画を読む。それが僕の生きがいなんだ」

「それ以上喋ったらお前が一人で音楽に乗りまくっていたことを大学中にばらすぞ」

「それだけはやめてくれ！」

上庭先生が幅増先生にしがみついた。

「声をかける前に動画を撮っておくべきだったな」

幅増先生が恐ろしいことを言った。それから今にも泣きだしそうな上庭先生をむりやり引きはがし、私に顔を向けた。

「この子が、お前のゼミに入る学生だ。松岡えみる。去年俺の基礎ゼミにいた子だよ」

「よろしくお願いします」

私が頭を下げると、上庭先生は恥ずかしそうに目をそらしながら小さく首を上下させた。

「それでだ」

「は、はい？」

「この部屋について説明をしようと思う」

「あ、そうでしたね。お願いします」

私たちはソファーに移動した。

あらためて正面に座る上庭先生を見る。黒のトレーナー、黒のジーンズ姿に既視感を覚えた。以前講義を受けたときとまったく同じ服装だった。

もしかしてこの人、服を上下一着ずつしか持ってないんじゃないの？

……いや、まさかね。そんな人、いるわけないよ。

四限開始のチャイムが鳴った。幅増先生が「急がないとな。俺のゼミも始まってしまう」とつぶやいた。

「入口に、学生相談室と書いてあっただろう？」

幅増先生の説明が始まった。「勉強のことや学生生活のこと、卒業後の進路から恋愛の問題まで自由に相談できる。要するに学生のためのカウンセリングルームみたいなものだ」

そういえば、入学直後の説明会でも相談室の紹介をしていた。利用することはないだろうと思い、聞いたそばから忘れてしまったけど。

「上庭は毎週木曜日、この部屋で学生の相談に乗っている」

思わず上庭先生の顔を見た。まだ恥ずかしい姿を見られたショックから立ち直れていないのだろう、白い肌が赤みを帯びている。

「どうして先生が？　カウンセラーの資格でも持ってるんですか？」

幅増先生は首を横に振った。

「担当者が半年前に辞めて、代わりを探したんだけど、木曜日の担当だけがどうしても見つけられなかった。それで仕方なく教員が受け持つことになり、理事長の命令で、去年の秋から上庭が受け持つことになった。ゼミ生がいなくて木曜午後が暇だったからな」

「いくら暇だからって先生にやらせるなんて信じられない……。資格もないんですよね」

「そういう常識が通用する人じゃないんだ。なあ、上庭」

上庭先生が深いため息をついた。

「あの人にどれだけ振り回されてきたか。僕は家族にも友達にも恵まれない」

上庭先生は両手で顔を覆い、指の隙間から幅増先生をうかがう。次の瞬間幅増先生の左足が素早く動き、上庭先生は蹴られたすねを抱えて苦悶の表情を浮かべた。

二人のやりとりには触れないことにして、私は質問を続ける。

「でも、今年からは私がゼミ生になるんです。仕事の日程を変えてもらわないと」

「それは難しいな。今年も上庭が木曜を担当することは決まってるから」

「じゃあ、形だけゼミはこの時間ということにして、実際の活動は別の日にできませんか？　先生、私に手伝えって言いましたけど、それって、学生の相談に対する回答を一緒に考えろってことですか？　そんなの、私にはできませんよ」

「そこまでする必要はない。一緒に話を聞くだけでいい。こいつは人見知りだから、松岡が聞き役になるだけで助かるはずだ」

「そうじゃなくて！　どうして私がゼミの時間に悩み相談の手伝いをしなきゃいけないんですか。こんなのおかしいです！」

「実は、上庭もゼミを他の曜日にやるつもりだったんだ。だけど、俺が止めた。上庭ゼミは相談室でやって、相談者に対する上庭の回答を松岡にも聞かせるよう命じた」

「どうしてですか」

「貴重な体験ができるからだ」

「貴重な体験？　何ですかそれ」

「生きた学問。生きた社会学だ。こいつのゼミにいれば、社会学を生きた形で学ぶことができる」

確信を持って幅増先生は言う。

だけど、生きた社会学、って何？

「正直、意味がよくわかりません」

「今はそれでいい。こいつと一緒にいればそのうちわかる」

と、幅増先生は言うけれど、やっぱり私は納得できない。ゼミの時間に担当教員の別の仕事を手伝うなんて非常識にもほどがある。

文句の言葉を探していると、唐突に幅増先生が立ち上がった。

「それじゃあ、俺はそろそろ行く。自分のゼミを放っておくわけにはいかないからな」

確かに、私の反論にいつまでもつきあっていられる余裕などないだろう。

「上庭、あとは任せた。一応言っておくけどな、女子学生と二人きりになったからって、変な気を起こすなよ。もし手を出したら殺すからな」

「好きにしろよ。殺人罪で死刑になって人生台無しになればいい。お前と道連れなら僕も本望だね」

「死刑どころか、大学の穀潰《ごくつぶ》しを排除してくれたということで表彰されるかもな」

せせら笑いを浮かべながら言い返した。なるほど、親友ではなく、腐れ縁だ。

幅増先生は真顔に戻って私を見下ろした。

「こいつは人間としてはクズ以外の何者でもないけど、君のことはちゃんと指導する気があるようだから心配するな。本人はネガティブなことばかり言うと思うが、それは昔からの癖みたいなものだ。前向きな言葉を吐いた瞬間に爆死する病に冒《おか》されているとでも思っておいてくれ」

「……それはまた難病ですね」

「ということだから、まあ、上庭をよろしく頼む」

幅増先生が胸の前で手を合わせる。幅増先生の、上庭先生に対する思いが伝わってきて、私は自然と首を縦に振っていた。

幅増先生が部屋を出ていき、上庭先生と二人きりになった。

上庭先生を見る。先生は私から目をそらす。

「………」

「………」

沈黙地獄。

気まずさをごまかしたくて、部屋を見わたす。中央に大きなパーティションが設置され、その奥にデスクやキャビネットが並んでいるのがわずかにうかがえる。パーティションの手前が相談用のスペースで、奥が事務作業用の空間ということなのだろう。ソファー近くに置かれた長机の上に、ポットとティーバッグ、インスタントコーヒーの瓶が並んでいた。

「何か飲みますか？」

「……コーヒー飲みたい。ポットの横に僕のマグカップ置いてあるからそれに入れて」

ほっと胸をなで下ろす。とりあえず、沈黙地獄から一歩抜け出すことができた。

インスタントコーヒーの瓶のふたを開け、スプーンで粉を掬《すく》う。

「砂糖とミルクは使いますか？」

スティック状の砂糖と小さな容器に入ったミルクが皿の上に山盛りになっていた。

「十個ずつね」

危うくマグカップを落としそうになった。振り向くと、先生は当たり前のような顔で私を見ていた。

「冗談ですよね？」

「冗談を言うだけのユーモアが僕にあれば、もっと楽しい人生を送れただろうねえ……」

上庭先生が深いため息をついた。

「甘すぎませんか？」

「苦いもの、あまり好きじゃないんだよね」

じゃあまずコーヒー飲むのやめたら？

喉元まで這《は》い上がってきた辛辣《しんらつ》な言葉をどうにか押しとどめ、指示どおり砂糖とミルクを十個ずつ入れた。

「ありがとう」

上庭先生がコーヒーを喉に流し込む。見ているだけで気持ち悪くなりそうだったが、本人は満足そうに頬をゆるめていた。私は自分用に紅茶を用意して先生の正面に座る。

「ゼミのことなんですけど」

「はあ」

「相談室の手伝いって、何をすればいいんでしょう」

「何をすればいいんだろうね。あいつの考えがよくわからないんだよ。僕の手伝いをしたところで得るものなんて何もないと思うんだけどね」

他人事《ひとごと》のように上庭先生が言うのを聞いて、不安が込み上げてきた。

「あの、幅増先生はこのゼミで社会学を生きた形で学べるって言ってましたけど、あれってどういうことなんでしょう」

「言ってたねえ、そんなこと」

「私、去年講義サボりまくってて何も知らないんです。基礎を知らないどころか、そもそも社会学って何を学ぶのかもよくわかってないんです」

先日、サークルに入ったばかりの新入生に「社会学ってどんなことを勉強するんですか？」と訊かれた。たとえば法学部だと憲法や民法を学ぶんだろうと想像がつくけど、社会を学ぶってどういうことかぴんとこない、と新入生は口にしていた。

この問いに、私は答えられなかった。私だけじゃない、同じ学部の風子や真由《まゆ》も、困った顔で首をひねっていた。私たちは大学に一年もいながら、自分が何を勉強しているのか人に説明することさえできなかった。

いい機会だから訊いてみよう。

「先生、社会学ってどういう学問なんですか？」

すると、先生はあからさまに困った顔を浮かべていた。あの日の風子や真由にそっくりだった。

「君は嫌な学生だねえ。初対面の相手にいきなりこんな難しい質問をしてくるなんて」

は？

初歩的な質問をしただけなのに、どうして文句を言われないといけないの？

この人、ほんとに大丈夫？

腕を組んで考え込んでいる上庭先生を見て、私の胸にまた不安の塊が押し寄せてくる。

部屋の外から物音がしたのは、その直後だった。

4

「はい、どうぞ」

上庭先生が答えるのを聞いて、ドアをノックする音だということに気がつく。

ドアが開くと、驚くほど綺麗な女性が現れた。

「あ、失礼しました！」

私の姿に目を留め、慌ててドアを閉めようとする。私を先客だと勘違いしたのだろう。

「待って。大丈夫だよ、入っても」

上庭先生が引き留めた。

「でも」

彼女は私の顔をうかがう。

「この人は松岡さん。僕の助手だよ」

助手……。

「相談があるんだよね？」

相談、と聞いて急に緊張してきた。

「はい」

「じゃあ入って。あ、ドアの表示、裏返しておいてね。そうすれば誰も入ってこないから」

おそらく「相談受付中」と書かれた表示のことだろう。

「それでは失礼します」

女子学生が部屋に入ってきた。「心理学部修士一年の古津《ふるづ》さやかと申します。よろしくお願いします」

自己紹介をして頭を深く下げる。ずいぶん大人びた人だと思っていたけど、院生だったのか。心理学部ということは同じサークルの羽村《はむら》先輩と同じだ。

「こちらにどうぞ。今飲み物出しますね」

とりあえず助手らしい行動をしなければ、と思い、立ち上がってポットの前に行く。

「すみません、お構いなく」

「コーヒー、紅茶、緑茶などいろいろありますけど」

「ありがとうございます。それでは、コーヒーをいただけますか」

年下の私に対しても、古津さんは丁寧な口調で頼み、しっかりと頭を下げる。コーヒーを淹れ、砂糖とミルクを一個ずつ添えて戻ると、古津さんはまだソファーの脇に直立していた。上庭先生に目配せするが、先生は彼女を見向きもせず、糖分だらけのコーヒーをすすっている。

気が利かない人だ。

舌打ちをこらえつつ、古津さんに座るよううながした。

コーヒーを差し出したところで、古津さんから異臭がかすかに漂っていることに気がついた。

この臭い、煙草だ。意外だな、古津さん煙草吸うのか。清楚なたたずまいのこの人が煙草を吸う姿は想像するのが難しい。

古津さんが紙コップをテーブルに置いたタイミングで、話を切りだすことにした。

「今日はどういった相談ですか？」

「弟のことなんです……」

古津さんの顔が曇った。「高校三年生の弟がいるんですが、非行に走るようになり、家庭が崩壊状態なんです」

意表を突かれ、私は上庭先生に目を向ける。まさかこんな重い話だったとは。

先生は顔色一つ変えずテーブルに視線を落としていた。動じていないのか、話を聞いていないだけなのか、判別がつかない。

「弟は高校三年生なのですが、一年生の頃から非行に走るようになりました。高校へはほとんど行かず、毎日のように不良仲間とつるんでいます。喧嘩や喫煙は当たり前、時には万引きや恐喝で警察のお世話になったこともありました。両親や私は真っ当な道を歩むよう何度も叱ったのですが、弟は聞く耳を持ちません。最近では私たちが何か言うと暴力を振るうようになってきたんです。私も一度、強く殴られました。それ以来、私は弟に話しかけられなくなってしまったんです。臆病な姉で恥ずかしい限りです」

「臆病なんかじゃないですよ！　女性に手を上げるなんてひどい男です！」

拳《こぶし》を振り上げたところで、失言に気がついた。ひどい男は彼女の弟だったのだ。

「ごめんなさい、つい熱くなってしまって」

「いいえ。松岡さん、面白い方ですね」

初めて古津さんの頬がゆるんだ。

「素行が悪くなったのは高校からですか？」

「はい。中学まではおとなしくてかわいい弟だったんですが……」

「環境が変わると人も変わるってことなのかなあ」

「そのとおりなんです」

うつむいていた顔が、急に前を向いた。「あの子は、最悪の環境に身を投じてしまいました。あの高校が、弟を変えたんです」

「どんな高校なんですか？」

「学力がとびきり低く、その地域に住む素行の悪い生徒を一手に集めているような高校です」

「私の地元にもそういう高校あったなあ」

「本当はもっといい高校を目指していたんです。ですが、弟は昔から呆れるくらい本番に弱くて、受験のたびに極度の緊張に襲われたせいで、他の高校は全滅でした。残された選択肢は、滑り止めとして受けていたその高校への進学か、浪人するかの二択しかありませんでした。私たち家族は浪人を勧めましたが、彼は浪人なんてみっともないと言って、私たちの提案に耳を貸しませんでした。私たち、特に母は必死になって弟を説得しました。絶対にその高校に行ってはいけない。そこに身を置くと、お前の心も悪に染まって、人生を狂わせてしまう。涙まで浮かべて母は言い聞かせようとしましたが、結局弟は進学を選びました。結果、私たちが危惧《きぐ》していたとおりになりました。同じ高校の悪い人たちとつきあうようになったせいで、弟は変わってしまったんです」

少しだけ引っかかりを覚えた。悪に染まるなんて、少し極端な物言いじゃないだろうか。

「弟が暴力を振るうようになってから、私たちも変わりました。父は浮気相手を作り、家にいる時間が少なくなりました。母は弟の変貌と父の不貞のせいで気がふさぎ、心の拠《よ》りどころを宗教に求めました。私も、就職が決まったら家を出て一人暮らしをしようと考えるようになりました。こんな家族見捨ててしまいたい、とまで考えるようになった自分が、嫌で仕方がないです」

古津さんの大きな瞳に涙が浮かぶ。

「辛いですね。本当はみんな、弟さんのことが好きなはずなのに」

「そうなんです。それなのに、私たち全員、弟から目をそらそうとしています。正直、どうしたらいいかわかりません。誰にも相談できなくて悩んでいたところ、この相談室のことを思い出して、思い切って来ました。何か解決策がありましたら、ぜひご教示いただけませんか」

私は上庭先生の顔をうかがう。

先生は顎に手を当てたままじっとしている。相変わらず、真剣に考えているのかどうか、判断がつかない。

この人には無理なんじゃないかな、という不安が湧いた。そもそもカウンセラーの資格がない上に、人を安心させる包容力もなければ大人としての余裕もない。その上、親身になって相談に乗る姿勢も希薄だ。古津さんの話を聞いている間、相づち一つ打つことがなかった。古津さんの抱える難問を解決する意欲もアイディアも、持ち合わせているようには思えない。

「訊いてもいいかな」

ようやく上庭先生が口を開いた。「あなたの弟さんが初めて非行に走ったときのことは、覚えてる？」

古津さんがうなずいた。

「一年生の七月でした」

「何をしたの」

「喫煙です。制服のポケットに煙草が入っているのを母が見つけました。友達から一箱もらったから試しに吸ってみたそうです」

「そのとき、君たちはどんな反応をした？　詳しく話してもらえるかな」

古津さんはこめかみに細い指を当て、当時のことを思い出そうとしている。

「母の落ち込み方がとにかくひどかったです。やっぱり不良になってしまったと、涙を流しながら繰り返しこぼしていました。今の高校に入ったのは間違いだった、それまでは素直ないい子だったのに、あの高校に入ったせいで煙草なんかに手を出すようになったんだ、と言っていました。父は弟を殴りました。今の環境では、お前はもっと落ちぶれていく、今からでも遅くないから転校を検討しろと強く勧めました。でも、弟には届きませんでした。むしろ、その日から徐々に私たちとの接触を避けるようになりました。夜遅くまで帰ってこなくなり、無断外泊する日も増えました。今では私たちの前でも平気で煙草を吸っています」

古津さんから煙草の臭いが漂ってきたのは、弟の喫煙が原因だったのか。

「君のご両親は厳格な人たちなの？」

「はい。私も弟も、厳しくしつけられました。テレビはほとんど見せてもらえませんでしたし、少しでも成績が下がると、勉強を怠《なま》けていると叱られました」

「わかった」

「あ」

喉から声が漏れ、慌てて口をふさぐ。

先生の顔つきが変わっていた。ほんの数分前までぼんやりとした表情をしていたのに、頬が締まり、瞳には強い光を宿している。表情からは、強い自信が感じられる。

まるで別人。

変身、という言葉が頭に浮かぶ。ふだんは平凡な人間が、周囲の人たちを危機から救うためにヒーローへと姿を変える様が先生の表情に重なった。

「ラベリング理論って、聞いたことあるかな」

ふだんと違う、張りのある声だった。

「ラベリング……？　商品に貼られるラベルと関係があるのでしょうか？」

「意味としてはそのラベルで合ってる。これは、逸脱行動、つまり社会の規範に反する行動の研究から導き出された理論だ。今は犯罪という言葉に置き換えて話を進めてみよう。古津さん、どうして人は犯罪に手を染めると思う？」

突然の質問に、古津さんは虚を突かれたように目を見開いた。

「さまざまな事情があると思いますけど、一言でまとめると、心が弱いから、でしょうか」

「罪を犯す人が現れたら、その人が属する社会はどういった措置を取る？」

「警察が取り締まります」

「そうだね。警察に捕まって、罰を受ける。その恐怖があるから、人は簡単に犯罪に手を染めることはしない。そう思う？」

「え？　はい。もちろんです」

「じゃあ、刑罰が重い社会であればあるほど、犯罪の発生率は下がるのかな」

「……当然、そうなりますよね」

「根拠は？　刑罰の程度が重い社会の方が犯罪の発生率が低いことを証明する客観的根拠を挙げることはできる？」

「そう言われましても……」

「たとえば中近世のヨーロッパでは、今とは比べものにならないほど刑罰が厳しかった。パンを盗んだだけで死刑になるし、拷問や公開処刑も行われていた。でも、本当に当時のヨーロッパは、現代の日本より犯罪が少ないと思う？」

「待ってください。中近世のヨーロッパと現代日本では、社会状況があまりにも違いませんか。国の経済状況や犯罪と認定される行為の範囲によって、発生率は変わってくると思います。まったく同じ条件で、刑罰の重さだけが違う社会を比較しなければ、正確な検証は行えないのではないでしょうか」

「なるほど。鋭いね、君は」

上庭先生がほほえんだ。「法を犯した者を犯罪者として取り締まり、罰を与える。そのような社会的統制があるからこそ、犯罪の増加を防ぐことができる。君はそう考えるの？」

「はい。というよりも、そのように考えているのは、私だけではないと思うのですが」

古津さんが同意を求めるように私を見る。私はうなずいて共感の姿勢を示した。

「ラベリング理論は正反対の考え方をする。人を犯罪者とみなして罰を与えるという行為こそが犯罪者を生み出す、とね」

「あの、どういうことですか？」

古津さんより先に、私が訊いていた。

「より正確に言うと、社会的統制そのものが、逸脱行為を生み出すという見方のことだ」

「余計わかんないですよ！」

「古津さん。社会学部に、幅増という教員がいる。昔からの知り合いなんだけど、いつも偉そうな態度で他人と接する嫌な男だ」

「それは上庭先生に対してだけですよ。学生には優しいです」

私の指摘を無視して先生は続ける。

「この幅増という男、非常に性格の悪い人間なんだが、決して悪人というわけではない」

「それが何か？」

「幅増はね、高校時代ヘビースモーカーだったんだ」

「えっ」

「嘘でしょ？」

私もショックで声が出た。私の反応を確認して、先生の笑みに悪意が混じる。幅増先生の評判を落とすことができて喜んでいるのかもしれない。

「ストレス解消の手段として煙草を吸ってたらしい。幅増だけじゃない。周囲に隠れて煙草を吸っていた人間は、高校時代の同級生には何人かいた。君は、彼らのことを不良だと思う？」

「未成年の喫煙は禁止されています。発覚したら停学は免《まぬか》れないでしょう」

「あいつらに、自分が不良だという自覚はかけらもなかった。そして実際に、道を踏み外すことなく大学まで進学して、今はそれぞれ社会人として働いている」

そこまで言って、先生はコーヒーを飲んだ。

「もし幅増が、あるいは他の喫煙仲間が煙草を吸っているところを先生に見られていたらどうなっていただろう。君の言っていたとおり停学処分は間違いない。両親からは厳しく責められ、同級生からは軽蔑される」

そこで一度言葉を切り、「この話が真実だったらよかったのに。どうして僕は先生に報告しなかったんだろう。あいつを破滅させるチャンスだったのに」などと小さな声でぶつぶつとつぶやいた。

「学校に復帰した後も、あいつは停学になった悪い奴だ、また同じことをするかもしれない、と常に疑惑の目を向けられただろうね。逸脱者としてのラベルを貼られる。そうするとどうなるか。信頼を取り戻すために心を入れ替えよう、となる可能性はもちろんある。だけど、ラベリング理論では別の考え方をする。非行少年というレッテルを貼られることによって、自分はもう普通の人とは違うんだという自覚が芽生えていく。逸脱者という立場が自らのアイデンティティになるんだ。そして幅増を同類とみなす悪い連中が近づき、幅増も彼らを受け入れて仲間となる。その結果、幅増は周囲の人々の懸念どおり、喫煙より重大な非行に手を染めていく、というわけだ。その一方で、喫煙がばれていない他の連中は何も変わらない。同じ逸脱行為を働いていたのに、幅増だけは人生が大きく傾いていき、他の連中は煙草によって自分の健康をわずかに損ねる程度の被害で済む。逸脱者として罰せられたこと自体が、新たな逸脱、深刻な逸脱を生んでいくんだ。古津さん、僕が何を言いたいのか、だいたいわかってきた？」

古津さんが真剣な表情でうなずく。

「君たち家族が弟さんに不良というラベルを貼ったことによって、彼は不良というアイデンティティを獲得した。いや、正確にはラベルを貼る作業はその前から始まっていた。弟さんの入学した高校は素行の悪い生徒が集まっているから、いずれ弟さんも道を踏み外す。その可能性を君たちは繰り返し指摘した。何度も聞いているうちに、彼の頭の中に、自分もやがては不良になるんだろうな、という刷り込みがなされていった。そんな中で、友達からもらった煙草が、家族に見つかり、やっぱりお前は不良になってしまった、と叱られた。叱責を前にして、弟さんは反省したか。しなかった。彼はこう思ったんだ。ああ、やっぱり俺は不良なんだな、ってね」

「逸脱者としての自覚が芽生えてしまった、ということですか……」

「その後、君たち家族は完全に彼を不良として見るようになった。家族の視線を毎日のように浴びることで、君たちが抱いた不良という先入観を無意識のうちに取り入れ、内面化させていき、不良と呼ばれる人たちが取る行動、振る舞いを真似するようになった。周囲が貼ったラベルに実際の自分が同一化していったんだよ。否定的なラベルを、スティグマと呼ぶ。烙印《らくいん》という意味だ。彼は不良というスティグマを身体に刻み、それを自分の拠りどころとするようになった」

「つまり、私たちの対応にこそ問題があったんですね？」

古津さんの顔は、気の毒なくらい青くなっていた。「確かに私の両親は、知人からやりすぎだと言われるくらい私たち子どもに対して厳格です。二十歳を超えた私にも厳しくて、未だに門限がありますし、遊ぶために大学に入れたのではないという理由でサークルに入ることを禁じたほどです。弟の喫煙に対しての反応も、度が過ぎていたのかもしれません。私たちが過剰反応して、弟が悪の道に進んだと決めつけたのがいけなかったんでしょうね。昔から、気持ちが弱くて、人の言葉に引きずられやすい子でしたから。そうか、私たちに原因があったんですね……」

「先生。これから古津さんはどうすればいいんですか。アドバイスしてあげてくださいよ」

すがるような思いで先生に訊く。自分を責める古津さんをこれ以上見ていたくなかった。

「うーん、何だろうね」

先生は途端に弛緩《しかん》した口調になり、自信がなさそうに首を傾げた。

「何ですか、そのやる気のない答えは！」

つかみかかろうとする私を前に、先生は上半身をのけぞらせた。

「僕にできるのはあくまで社会学の知識に照らし合わせて現状を把握することだけだ。今後の指針を示すことまでは、できなくもないけど責任は持てないなあ」

「ここまで来て投げ出さないでくださいよ！」

「あの」

私の抗議を古津さんが遮った。「私、弟と日常会話を増やすことから始めてみようと思います。あらためて振り返ると、まともなあいさつさえ、最近は交わしていませんでした。

そもそも、顔を合わせないように心がけていたくらいですから。私たちが弟を不良と決めつけたことで彼が不良になったのであれば、逆に私たちが弟を普通の人として扱うことで少しずつ昔の関係を取り戻せるかもしれません」

いつの間にか古津さんの顔色が戻っていた。

「あいさつをするとか、世間話をしてみるとか、昔の思い出を語るとか、そういう何でもない会話をするところから始めてみます。両親ともよく話し合って、もう一度家族の絆《きずな》を取り戻す努力をします」

引き締まった口の端に、新たに抱いた決意のかけらが宿っているような気がした。

「古津さん、頑張って！」

胸の前で両手を握る。それから上級生に不遜《ふそん》な口の利き方をしたことに気がつき、慌てて口をふさいだ。

「ありがとう、松岡さん。頑張ってみるよ」

古津さんは、初めて顔をほころばせ、くだけた言葉遣いで私に応じた。

「もう相談は大丈夫かな」

「はい。そろそろ失礼いたします」

古津さんが立ち上がって、深く頭を下げた。「本日はありがとうございました。いい助言をいただけて、本当に感謝しています。上庭先生、松岡さん」

「私は何もしてないですよ」

「そんなことはありません。あなたが親身になって聞いてくれたから、落ち着いて話をすることができました。心強かったですよ」

私の目を見て、にこりと笑う。憂いが消えた後の古津さんの笑顔は息をのむほど美しかった。

古津さんが部屋を出ていくのを見て、私は抑えていた興奮を解放させた。

「先生、すごいですね！　難しい相談だったのに、あっという間に解決しちゃったじゃないですか！」

「解決したかはわからないよ。あの学生にも言ったとおり、僕は社会学の知識に当てはめて解釈しただけだ。あくまでひとつの可能性を提示しただけで、見当違いのことを言っている可能性だってあるんだから」

「謙遜しないでくださいよ！　それに、ラベリング理論の話も面白かったです。原因と結果がまるきり逆になるなんて……」

「その気持ちは僕もわかる」

先生が私を見てほほえんだ。「初めて社会学を学んだときの興奮は覚えてるよ。こんな考え方があったのか！　っていう驚きの連続だった。自分の狭い常識が壊れていくのが楽しかった」

先生が目を輝かせて、おお、と私は小さく声を上げる。先生の口から前向きな言葉が発せられたのはこれが初めてではないだろうか。

あれ、前向きな言葉を吐いたら爆死する病気なんじゃなかったっけ？　やばくない？

「最初の質問に戻ろうか。社会学とは何をする学問か、と君は訊いたよね」

先生は幸いにも爆発することなく説明を始めた。

「ラベリング理論のように、人間同士の関わり合いの中で働くメカニズムを説き明かし、隠された社会の仕組みを発見するのが社会学という学問だ。僕たちが何気なく暮らす日々がどのようにしてできあがっているのか、さまざまな観点から探っていくという作業を社会学は行っている」

「なるほど……あの、どうして最初に私が尋ねたとき、あんなに困っていたんですか？」

「社会学の定義を端的に説明するのは難しいんだ。今は具体的な理論を紹介した後だから説明しやすかったけど、いきなり訊かれたらみんな答えに困っちゃうよ。嘘だと思うなら幅増あたりにも同じ質問してみて。きっと僕と同じ顔になると思うから」

今度やってみようかな。幅増先生が困る顔、ちょっと見てみたい。

「今のは逸脱行動という分野の研究を応用したけど、社会というのは要するに人間同士の関わりが生じる場だから、研究対象は無数にある。大学の講義名だけを見てもわかるよね。メディア社会学、家族社会学、宗教社会学、中には音楽社会学なんて分野まである」

「その一つ一つについて学ばないといけないんですか？」

「まさか！　そんなの、人生がいくつあっても足りないよ。社会学の基本的な理論や研究、考え方を押さえつつ、並行して自分が関心のある専門分野に足を踏み入れていく。君にもいずれ、興味のある題材を見つけて自分が研究を行ってもらうことになる」

「研究ですか。どんなことをやればいいんだろう」

「難しく考えず、自分が好きなことをそのまま題材にすればいい」

「そんなものなんですか？　私の好きなものって、お菓子作りと野球観戦ですけど、これって研究テーマになります？」

「野球だったら、たとえば野球人気の移り変わりから日本社会の変化を探るとか、プロ野球とメジャーリーグの違いから日米の文化を比較するとか、切り口はいくらでもある」

「自分の好きなことを研究できるって、楽しそうですね」

「僕は他の学問を知らないけれど、こんなに自由な学問は他にないんじゃないかと思ってるよ。君が最初に言ったとおり、社会学が何をする学問なのか、イメージすることは難しい。だけどそれは、範囲の広さ、自由さの裏返しでもある。何をやっているのかわからないんじゃなくて、何をやったっていいんだ。それが、この学問の最大の魅力なんじゃないかな」

話を終えると、先生は急に腕を伸ばした。

「あー、終わった終わった。ようやく今日も労働から解放されたなあ」

掛け時計を見ると、四限目の終了時刻五分前となっていた。

「相談室も四限が終わる時間までなんだ。確か幅増の奴、五分前行動って言ってたよね？　開始が五分前だったんだから、終了も五分前でいいよね？」

いつの間にか、先生の顔は古津さんが来る前のだらしない表情に戻っていた。

先生はマグカップを持ち、軽い足取りでパーティションで仕切られた部屋の奥へ向かう。

「僕はもう少しだけ残らないといけないから、君は先に帰って」

「わかりました。お先に失礼します」

先生に礼をして部屋を出た。

大学からの帰り道で、上庭先生と古津さんのやりとりをずっと振り返っていた。上庭先生の瞳の輝き、力の入った口調、そして話の内容。

社会学を生きた形で学べる。幅増先生の言った言葉の意味がよくわかった。

ラベリング理論を、生々しい実例を通して学んだ。この先、忘れることはないだろう。真面目に講義を受ける学生にとっては聞き飽きた話かもしれないけど、まったく知識のない私にとってはたまらなく刺激的だった。

ゼミに対する不安は消えていた。それどころか、次のゼミが楽しみになっていた。早く一週間後にならないかな、なんて、どうにもならないことを願っていた。

二限目　文化人類学

人間の文化や社会の実証的な研究を目的とする。文化の形態や類型・機能や歴史的変遷ないし動態、パーソナリティとの関連などがその主要な研究分野である。

1

進級してから、日々の過ごし方は大きく変わった。

遊びとバイトに明け暮れたせいで留年の危機に陥《おちい》ったことを反省し、バイトの回数を減らし、今まで断ることのなかった遊びの誘いは常識的な範囲にとどめておいた。おかげでこの一カ月、毎日真面目に講義を受け続けることができている。

四月もいよいよ最終週を迎えた。少し前まで咲き誇っていた桜も姿を消し、ゴールデンウィークが目前に迫ってきた木曜日の昼休み。

お菓子作りサークル「メリエンダ」の同級生四人で、いつも使っている社会学部棟近くの学食で昼食を食べていたときのことだ。

「えみる、どうなの、上庭《うえば》ゼミ？　さっそく入ったこと後悔してるんじゃない？」

野菜を口に運びながら風子が尋ねてきた。

「そんなことないよ！　すごく面白いよ」

「あの先生のゼミが面白い？　他のゼミを知らないからそんなことが言えるんだよ。私と一緒に幅増《はばます》ゼミ入った方が絶対もっと充実してたのに」

風子が呆れ果てた口調で言った。

「風子ちゃん、えみるちゃんの恋心をわかってないねー。勉強に対する意欲がまるでないえみるちゃんがゼミ選びには積極的になるなんて、理由はひとつしかないじゃない！」

すでに食事を終えた真由が、ネイルで彩られた細い指を私に向ける。

「だから違うんだって！　真由はすぐそういう方向に話を持っていくんだから」

上庭ゼミに入ることを同じ学部の友達に告げたときには誰もが驚愕していたが、この二人も例外ではなかった。風子は私の上庭ゼミ入りをやめさせようと全力で説得して、最後には言うことを聞かない私に業《ごう》を煮やし、胸ぐらをつかんで脅迫してきた。真由は私の行動をまったく理解できず、最後には「えみるちゃんは上庭先生が好きだからゼミに入るんだ」と決めつけた。

「上庭先生がどんな人かは知らないが、本人が満足してるんだったらそれでいいだろう。

えみるが楽しいと感じるのであれば、ゼミ選びは正解だったということだ」

唯一学部の違う羽村先輩が断言して、それから白米を口いっぱいに頬張った。

「さすが羽村先輩！　いいこと言うじゃん！」

私は羽村先輩の大きな背中を叩く。

羽村先輩は同級生だ。サークルに入ったばかりの頃に私が上級生だと勘違いして以来、同級生だけではなく本当の先輩からも羽村先輩と呼ばれるようになった。実際、本人は先輩という呼称にふさわしい、自称八十キロという立派な体格を備えていた。人格も体型にふさわしく鷹揚《おうよう》で、私たちはみんな彼女を慕《した》っている。

全員が食事を終えたところで、風子が声をひそめた。

「ところで、あんたたち、昨日の話聞いた？」

真由が大きくうなずいた。

「うん、知ってるよー。ていうか、私そのときここにいたし。救急車がすぐ近くまで来たから、学食は大騒ぎだったよ。現場見てきた子から聞いたんだけど、花壇の縁に後頭部を打ったらしくて、まだ血の跡が残ってるみたい」

学食のすぐ隣に経営学部棟があり、その間を学食裏の喫煙所へと続く細い道が延びている。その道の奥で、頭部から出血して倒れている女子学生が発見されたらしい。

「ほんと、怖いね。早く犯人見つからないかな」

「犯人？　誰かに襲われたの？」

「えみる、何言ってんの。段差もないところで後頭部を打って血を流すなんて、そんな間抜けな奴いるわけないでしょ」

「そうなのかなあ。目撃者はいないの？」

「いないんじゃない。あの道、煙草吸う人しか使わないし、ほとんど人通りないんだよね」

と断言するのは、風子が喫煙者でよく喫煙所を使うからだ。風子は、本人は絶対に認めないけど、高校時代ヤンキーだったらしい。煙草も当時から吸っていたんじゃないだろうか。

「第一発見者が幅増先生なんだって。喫煙所で煙草吸った帰りに、倒れてるのを見つけたみたい。先生はただの事故だから心配するなって言ってたけど、本当なのかなあ」

「人通りの少ないところに連れ込まれて、殴られたのかもな」

羽村先輩が言った。

「私は恋愛絡みだと思うなー。人気《ひとけ》のないところで男と別れ話していて、逆上した相手に殴られたんじゃない？」

真由が言う。

「どこの学部の子なんだろうね。かわいそうに」

私が言うと、風子が低い声で毒づいた。

「あいつだったらいいのに」

風子が誰のことを言っているのか、私たちはすぐに察した。

真由がすぐ風子に同調する。

「める子ちゃんだったら私も犯人に感謝しちゃうなー。現場目撃しても、見ないことにするかも」

「お礼にお金払ってもいいくらいだよ。あいつ、本当に嫌い。思い出したらまた腹が立ってきた」

サークルの二年生は、私たち四人の他にもう一人、める子という女子学生がいる。風子がめる子への怒りを爆発させたのは、今週の月曜日のことだった。

「メリエンダ」では、月に一度誰かの家に集まってお菓子作りをすることになっている。月曜の四限の時間、私たちは新入生歓迎会という名目で行うお菓子作りの計画を立てていた。

「じゃあ決めることも決めたし、今日の会議はこれで終わりね！」

風子が両手を組んで真上に伸ばした。「外も暗くなってきたし、帰ろうかな。えみる、ファミレスでご飯食べてかない？」

私が口を開きかけたとき、部室のドアが開いた。

「みんな、お疲れー」

「あ、める子……」

途端に、部室の雰囲気が気まずくなった。

「何だよ、来たのかよ」

風子が私にしか聞こえない音量で毒づく。

「今日は新歓の打ち合わせだよね。私、いいアイディアがあるんだけど」

勝手に話し始めためる子を止めようとして羽村先輩が立ち上がった。

「あのな、める子。もう作る物は決めたんだ……」

「この間雑誌見てたらね、アップルパイが超おいしそうだったんだ！　雑誌持ってきたからさ、ちょっとみんな見てよ！」

鞄から雑誌を取り出して、付箋を貼ったページを全員に見せつける。

「もうケーキを作るということで決まったんだ。それは次回あらためて提案してもらうということでどうかな……」

羽村先輩が穏やかな笑みを保ちながらめる子に近寄る。

「ちょっと待ってよ！　どうして私抜きで決めちゃうのよ！」

める子は羽村先輩がさしのべてきた手を振り払った。

「あんたが来ないのが悪いんでしょう！」

風子が立ち上がった。

「講義があるんだからしょうがないじゃない！」

「月曜四限は会議の時間って、昔からの決まり事だよね。それがわかってて、どうしてわざわざ四限に講義入れるの？」

ゆるいサークルなので、ふだんは来たい人が部室に来て、居合わせたメンバーと無駄話をして過ごす。だけど月曜日だけは、三限目が終わった後に会議という名目で毎週集まる決まりになっている。だから、月曜四限目は基本的に講義を入れないようにという暗黙の了解があった。会議に参加できない場合は、その日の議題に対する発言権はなく、参加者たちにすべてを委《ゆだ》ねることになっている。

める子はその決まりを無視して月曜四限の講義を履修し、会議に出られなくなるから曜日を変えようと主張してきたのだ。一人の都合で日程を変えるわけにはいかない、と風子は突っぱねた。だけどこの振る舞いを見る限り、める子は納得していないということなのだろう。

「どうしても受けたい講義があったのよ。四限の時間に会議をするっていうしきたりがおかしいんじゃない？　そのルール決めた人、講義をサボる口実を作りたかっただけなんじゃないの？」

それからも風子とめる子は言い争いを続けた。両者とも折れることはなく、私たちは険悪な雰囲気のまま大学を後にした。二人で行ったファミレスで、私は風子の愚痴を延々と聞き続けた。

食べ終えた食器を片付けに行く間も、風子は背後を歩く私たちを振り返りながら文句を言い続けた。

「あんな自分勝手な奴見たことないよ。める子がいない頃は何の不満もない楽しいサークルだったのに」

める子が入ったのは去年の秋、私や風子よりも半年遅かった。

「風子、前見て歩いた方がいいぞ」

羽村先輩がたしなめるが、風子の罵倒《ばとう》は止まらない。

「三月の追いコンのときだって鬱陶しくなかった？　カラオケで誰も知らない曲ばかり歌って、これ名曲なんだって言い張って私たちに興味持たせようとしてたけど、あれほんとうざくない？　お前の好みと他人の好みが一緒だと思ったら大間違いだっつーの。ていうか、お前の歌声じゃどんな名曲もださく聞こえるよ。ねえ、そう思わない？」

「風子、危ないって！」

羽村先輩が叫んだときにはもう遅かった。

風子の持っていたお盆が近くの男子学生にぶつかり、その拍子にコップに残っていた水が学生の服にかかってしまった。コップの落ちる音が響き、周りのテーブルに座る学生たちがいっせいにこちらを見る。

「あ、ごめんなさい……」

風子が転がったコップを拾おうとする。だが、風子より早く、袖の濡れた右腕が床に伸びた。

「大丈夫ですか、濡れませんでしたか」

被害を受けたはずの長身の男子学生が、コップをお盆に載せ、心配そうに尋ねてきた。

風子の答えを聞く前に、ハンカチを差し出す。

「いや、私は全然濡れてないですから」

「そうですか、ならよかった」

彼は白い歯を見せ、よく通る声で「すいません」と言って店員さんを呼ぶ。駆け足でやってきたおばさんが、私に軽くほほえむ。彼女は、私がバイトしている喫茶店の常連客だ。

店員さんは「もうすぐ次の講義だから、早く行ってください」と言って、ぞうきんで床を拭きだした。

「あの、すいませんでした。私の不注意で迷惑かけてしまって」

風子があらためて謝罪をすると、男子学生は窓の外を指さした。

「今日は天気がいいから、すぐ乾きますよ」

男子学生は私たちに軽く頭を下げ、傍らにずっと立っていた女子学生を連れて学食を出ていった。

「ちょっとちょっと！ 今の見てた？」

学食を出ても、風子の興奮は止まらなかった。「自分が濡れたのに、私のこと気遣ってすぐハンカチ出してくれるなんて、優しすぎじゃない？ しかもめちゃくちゃ格好よかった！ 連絡先交換したかったなあ」

ひとしきりまくし立てた後で、急に肩を落とす。

「でも無駄か。もう彼女いるみたいだね」

私は風子を慰めながら、彼の一歩後ろを歩いていた女子学生の姿を思い出す。小柄なかわいらしい子で、もし二人がつきあっているのであれば、美男美女同士、お似合いのカップルだ。だけど、すれ違いざまに見た彼女の顔が、今日の天気とは正反対に曇っているのが少し気になった。


「この時期はいつも憂鬱になるよね」

相談室のドアを開けると、上庭先生はソファーに寝そべっていた。勤務中にこんなにだらしのない格好をして許されるというのが私には信じられない。

「どうしてですか？　週末から連休で、むしろうきうきしてるくらいなんですけど」

「それだよ、それ」

正面に座る私を指さした。「今は連休の到来に心躍らせていられるからいいよね。だけど、長く続くように感じる休みにも、必ず終わりが訪れる。最終日の夜のことを想像してごらん。連休前の期待が大きい分だけ、同じくらいの絶望も味わうことになる」

先生が頭を抱えてうずくまった。

「今から休みが終わるときのこと考えてるんですか？　マイナス思考にもほどがありますよ」

「君より一歩先を見ているだけだ。やまない雨はなく、終わらない連休もない。無常な世の中だ」

「名言みたいに言わないでください。全然格好よくないです」

「松岡さんって、ほんとに容赦ないね。僕に対する敬意が全然感じられない」

「ダメ人間に払う敬意などありません」

今日が三回目のゼミだった。先生と話をするのもまだ三回目だ。それなのに私は、早くも先生を相手に厳しい突っ込みを入れるようになっていた。

先週相談室を訪れたとき、先生はソファーに寝転がりながら漫画を読んでいた。『ドラえもん』を読みながら「ああ、どうして僕はのび太にこんなにシンパシーを感じるんだろう」とつぶやいた瞬間に、私は先生に対して辛辣な態度で接することを決めた。

先生は情けない顔つきのまま起き上がり、テーブルにあったショートケーキを口にした。

悄然《しょうぜん》とした様子はあっという間に消え、幸福の極致にいるような弛緩しきった表情へと変わる。

ケーキを食べ終えた先生が、コーヒーに口をつけた。

「このコーヒー、やっぱり砂糖とミルク十個ずつ入れてるんですか」

「そりゃそうだよ」

何が、そりゃそうだよ、だ。この一杯にどれだけのカロリーが含まれているんだろう。

さらにショートケーキまで食べている。

ちょっと待て。

「先生、コーヒーは一日に何杯飲むんですか」

「五杯くらいかな」

「まさか、全部、砂糖とミルク十個入りなわけないですよね」

「十個入りに決まってるじゃないか」

「……先生、ふだん運動してます？」

「全然。最近は階段上るだけで疲れちゃうんだよね。もう年かな」

その瞬間、激しい憤りが私を貫いた。

「おかしい！　絶対におかしいです！」

「ど、どうしたんだ急に？」

「甘いものをたくさん食べて、運動もしないのに、どうして全然太らないんですか！　世の女性が体重を維持するのにどれだけ涙ぐましい努力をしてると思ってるんですか！　ふざけてる！　もうこんなゼミ辞めてやる！」

「待ってくれ！　僕が悪かった！　謝るから辞めるなんて言わないでくれ！」

上庭先生が必死の形相で私の服を引っ張っているのを見て、我に返った。

「服が伸びます。やめてください」

先生は慌てて手を離す。

「ゼミ辞めるの？」

不安そうに尋ねてくる。ゼミを運営していく意欲はあるらしい。

「嘘ですよ。すいません、あまりの理不尽さに興奮しすぎました」

先生は大きく息を吐き、安心した様子で私から離れた。

「ちなみに、謝るって、何をどう謝るつもりだったんですか」

「どれだけ甘いものを食べても太らない恵まれた身体に生まれてごめんなさい」

やっぱり辞めてやろうか。

「ところで、先生は連休の予定は何かあるんですか？」

「ソファーに寝そべってゆっくり漫画でも読もうかなあ」

「それじゃあいつもと変わらないじゃないですか。連休なんだから外に出ましょうよ」

「僕の家のソファーの心地よさを知らないからそんなことが言えるんだ。窓の外から降り注ぐ柔らかな日差しを浴びながら、あのソファーに寝そべって漫画を読むのが僕にとって最高の贅沢なんだ。あまりに心地よすぎてこのまま溶けてしまってもいいと本気で思えるくらいだ」

本当に溶けてしまえばいいのに。

「松岡さんはどこか出かけるの？」

「地元の友達が泊まりに来るので、一緒に観光するんです。あとは野球観戦ですね」

「おみやげよろしくね。甘い物にしてね」

「おみやげをねだるなんて図々しいですよ」

「そんなこと言わないで買ってきてよ。お願いだ、何でもするからさ」

「じゃあ一生言うこと聞いてくれますか？」

「じゃあ一生甘い物買い続けてくれる？」

「撤回します。変なこと言ってすいませんでした」

私は頭を下げる。「先生なんかと一生つきあう気はありません」

「ひどいこと言うなあ君は！」

「話を戻しますけど、ほんとに一週間どこにも出かけないんですか？」

「たぶんね。今のところは、いつもどおり家でくつろいでる予定だよ」

「あ、いつもどおり、って言葉で思い出したんですけど、先生に一つ質問してもいいですか」

思い出した、というのは嘘だった。本当は、以前からずっと気になっていたのだが、答えを知るのが怖くて訊くことをためらっていたのだ。

「四月に入ってから、先生の姿を何度も見てるんですけど」

私は先生を指さした。目上の人間を指さすのは失礼じゃないか、とは少しも思わずに。

「先生、いつも同じ服じゃないですか！」

黒い安物のトレーナーに、黒のジーンズ。靴までも、いつもと同じ黒のスニーカーだ。

「それがどうしたの？」

何が問題なのかさっぱりわからない様子で、先生は訊く。

「どうしたのじゃないですよ。先生、服一着ずつしか持ってないんじゃないでしょうね。同じ服を洗濯もせずにひたすら着続けているなんてことはありませんよね」

もし同じ服を着続けているのだと答えようものなら、コインランドリーに連れていって先生ごと洗濯機に突っ込んでやる。

「松岡さん、いくら何でも僕のことをバカにしすぎじゃないか。服が一着しかないなんて、社会人としてあり得ないだろう」

「ですよね」

ほっとした私に、先生は次の一言を放つ。

「この服、上下それぞれ十着ずつあるんだ」

「はあ？」

まったく想定していない答えが返ってきた。「先生、お洒落って概念をご存じないんですか？」

「選ぶの面倒くさいんだよね。選択肢がない方が楽でいいじゃん」

「楽って……」

しばし絶句する。

「楽と言うより、合理的だ。いいかい、日々の生活の中で小さな決断を繰り返すと、脳が疲労してしまって、大きな決断を下す際に悪影響が出てしまうんだ。だから、自分にとって些細《ささい》な事柄は、決断を下す回数を極力減らすことが大事なんだ。オバマ元大統領やスティーブ・ジョブズも、僕と同じ理由で毎日同じ服装にしていたんだよ」

先生が薄い胸を張る。

「オバマさんやジョブズさんが先生を参考にしたみたいな言い方しないでください。だいたい、先生はふだん重大な決断にさらされることなんてあるんですか」

「お菓子を買うとき、どのお菓子にするかという決断にすべての力を注ぎ込んでいるよ」

そんなところだろうと思ったよ。

「あのですね、先生。もっと着飾った方がいいです。真っ黒な格好ばかりしてると、どうしても地味な印象が拭えないです」

ただでさえ性格暗いのに。そう続けそうになり、慌てて口をふさぐ。

「見た目ばかり飾る人間は信用ならないね」

先生が口を尖《とが》らせた。「外見を繕《つくろ》う人間ってのは、たいてい、内面が汚れているか、空っぽなのをごまかそうとしてるかどちらかなんだ。幅増なんて特にそうだ」

「偏見ですよ、それ」

先生だって大した内面持ってないくせに。

「先生だって大した内面持ってないくせに」

「何だって？」

「あ」

口をふさいだが遅かった。つい、心の声が漏れてしまった。

「嘘です、嘘嘘。今のは忘れてください」

あからさまな作り笑いを浮かべて先生をなだめる。

「君はどれだけ僕をバカにすれば気が済むんだ。いいかい、これは君たちのためでもある。

僕は同じ服しか着ないことで、学生たちに安心感を与えているんだ」

「は？」

「人はね、相手の様子がふだんと異なる場合、反射的に不安を抱くものだ。いつもは地味な子が急に派手なメイクで現れたら警戒するよね？　逆に、相手がいつもと同じ様子だったら人は安心する。芸能人なんかでも、いつも同じ衣装でテレビに出る人がいるでしょ。あれは、服装を統一させることで視聴者を安心させ、親しみを持ってもらうためだ。それと同じことをしてるんだよ。学生たちに、余計な警戒心を抱かせず講義に集中してもらうためにね」

「へえ、それはそれは。お気遣いありがとうございます」

「どうも」

「で、先生のお気遣いの結果、講義に参加する学生はどれだけ増えたんでしょうね？」

先生の顔が引きつったところで、ドアを叩く音がした。

「失礼します」

男性の声とともにドアが開く。現れた端整な容貌は、今日見たばかりの顔だった。

2

「お昼のときの方ですね？　どうしてこちらに？」

学食で風子とぶつかった男子学生が、目を丸くして私を見る。私は簡単に事情を説明した。

「ええと、相談希望でいらっしゃったということですよね？」

彼がうなずいたので、ソファーへ座るよううながし、その間に飲み物を用意する。

「さっきは友人がすいませんでした。服、大丈夫でしたか？」

紅茶を淹れながら尋ねる。

「とっくに乾きました。あの子の方こそ本当に水かかっていませんでしたか？　せっかくお洒落な服を着ていたのに、濡れていたら大変だ」

「大丈夫でしたよ」

紅茶を置き、彼の正面に座る。

相談者が来たのは二週間ぶりだった。先週は来客がなかったので、先生が社会学の基礎について講義をしてくれた。

「経済学部四年の畠山《はたけやま》といいます。今日はよろしくお願いします」

まずは気怠《けだる》そうに座っている先生に頭を下げ、それから私にも同様に礼をする。

「それで、今日はどのような相談ですか」

私が尋ねると、畠山さんの整った顔に影が差した。

「恋愛相談なんですが」

恋愛相談と聞いて反射的に前のめりになった。不謹慎とは知りつつも、どんな話が聞けるのか、下世話な好奇心が湧いてくる。学食で畠山さんと一緒にいた、ふさぎ込んだ様子の女子学生を思い出す。やはり彼女についての相談なのだろうか。

「畠山さんみたいな格好いい人でも、恋愛で悩むんですね。相手の方、ずいぶん罪な女性ですね」

「違うんです。罪深いのは僕の方なんです」

畠山さんがうつむいた。

「そんなに深刻にならないで、気軽に話してください。私たちも一生懸命考えますから」

「ありがとうございます。だけど」

畠山さんが上目遣いで私を見た。「気軽には話せないですよ。きっと軽蔑するでしょうから」

「軽蔑なんて絶対にしません」

「僕には恋人が二人いるんです」

「軽蔑しました！」

……しまった。

「すいませんでした」

頭を下げる。むしろ自分を軽蔑だ。私の「絶対」はこんなに簡単に覆ってしまうのか。

「浮気をしている、ということですか？」

他の女と浮気したかつての恋人が頭をよぎる。まさか畠山さんのような人があいつと同類だったなんて。失望で胸がいっぱいになったところで、畠山さんは大きく首を振った。

「どちらの女性も僕は好きなんです。浮気じゃなくて、二人に対して本気で愛情を抱いているんです」

彼のすがるような視線から、どうか理解してほしい、という切実な思いが伝わる。

二人を同時に好きになるなんて、私の常識にはない。だけど、彼が真剣に悩んでいることだけは私も認めなければいけない。

「詳しく聞かせてもらえますか」

冷淡な口調にならないように気をつけて尋ねた。

「もともと、一年半前からつきあっている恋人がいたんです。サークルの後輩で、大きなトラブルもなく、順調に愛をはぐくんできました」

愛をはぐくむ、なんて気恥ずかしい言葉を、畠山さんはさらりと言ってのけた。

「学食で畠山さんと一緒にいた方ですか？」

「そうです。彼女と二人でいるのはとても楽しくて、卒業したら結婚したいと思っていました。ですが、今年の冬、二人目の恋人となる女性が僕の前に現れました。その人は院生で、ゼミの先輩にあたる方なんです。半年ほど前から向こうからアプローチをしてくるようになったので、最初はすでに相手がいるからと固辞したんです。でも次第に、何というか、彼女の大人の魅力に引き込まれるようになってしまって……」

「その人はおいくつなんですか」

「四十二です」

おばさんじゃない！　と、心中で叫ぶ。ずいぶん守備範囲が広い人だ。学食にいた彼女とは違うベクトルの魅力があったということなのか。

「その人の存在は、一人目の恋人は知ってるんですか」

「もちろんです。ちゃんと伝えました」

誠実なのか、不届き者なのか、よくわからなくなってくる。

「愛想を尽かされることを覚悟の上で、別の女性に想いを抱いてしまったことを正直に伝えました」

「どんな反応でした？」

「号泣しながら、新しい女と縁を切ってくれと懇願されました」

「でも、あなたは受け入れなかった」

「どうしてもできませんでした」

「じゃあ、最初の彼女とは別れるべきではないですか」

「それもできなかったんです。気がつけば、僕は二人の女性を同時に愛するようになってしまったんです」

「そんなのおかしいですよ。本当の恋愛だとは、私には思えません」

うっかり厳しい言葉を投げつけてしまったが、後悔はしなかった。私の知っている恋愛は、一人の人間が自分にとって絶対的な存在となる状態のことを指す。二人が並び立つ状態を恋愛とは呼びたくない。

「二人のうち、どちらがより好きなのかをじっくりと考えるべきですよ。そして選ばれなかった女性ときっぱり別れるべきだと思います」

「友達もみんな同じことを言います。でも、選べないから悩んでるんです。選べないのは、二人を真剣に愛しているからです。だって、どちらかを選ぶなんて考え方ができるような ら、どちらも本当の愛ではないと思いませんか」

「うーん……？　そうなるんですかね？」

わけがわからなくなり、頭に爪を立てる。彼は二人を同時に愛しているから選択などできないと言い、私はそもそも二人同時に愛するという状態が嘘だと考える。議論が嚙み合う気配はなさそうだ。

「友達も同じことを言うとのことでしたけど、友達にも相談されたんですか」

「何人かの友達に話を聞いてもらいました。みな、反応はほとんど同じです。僕を不誠実だと非難して、どちらか一人を選ぶべきだと言われました。それができないから相談しているんだと言っても、答えは変わりません。もっと違う意見を聞いてみたくて、思い切ってここに来たんです」

私はソファーに背中を預け、腕を組んでじっと考える。自分の率直な意見を述べたところで何の解決にもならないのはよくわかった。いったん、自分の価値観は脇に置こう。畠山さんの気持ちに寄り添って、一緒に悩む姿勢を見せないと、私の言葉は彼には届かない。

そこまで考えたところで、肝心な質問をしていなかったことに気がついた。

「畠山さんご自身はどうしたいと思っているんですか。はっきりとした希望があるのか、どうすればいいかわからない状態なのか、そこを教えてください」

「こんなことを言うと、また怒られてしまいそうなんですが」

ためらう素振りを見せる畠山さんに、「もう怒りません」と言って安心させる。

「僕は、二人とも別れたくありません。どちらも僕にとって大切な女性です。二人との交際を継続させたい、というのが僕の本心です」

「一人目の彼女からは新しい女性とは別れてほしいと言われた、と聞きましたけど、院生の女性はどう言っているんですか」

「他に交際する女性がいても構わない、と言っていました。今は二股状態が続いていても、いずれ自分だけのものにする自信がある、と」

さすが大人の女。余裕がある。

「畠山さんの意思は、はっきりしていますよね。でも実行に移せず、相談室を訪れるくらい苦しんでいます。畠山さんを悩ませる一番の理由って何なんですか？　一人目の彼女が納得してくれなくて困っている、というだけじゃないんですよね？」

「それもありますけど、何よりも自分を苦しめるのは倫理的な問題についてなんです」

「二人同時につきあうなんて人として間違ってるんじゃないか、ということですか」

「そうなんです！」

畠山さんがうなずいた。「もし立場が逆で、友達が同じ境遇に陥ったとしたら、僕もきっと片方と別れるべきだと説得していたと思うんです。二人を同時に好きになるなんて、人としておかしいと以前の僕なら考えていたはずです。かつて異常だとみなしていた状態に陥ってしまったことが、何よりも辛いんです。それに、周囲の目もやはり気になります。僕がこのまま二人との交際を続けようとしたら、きっとみんなから軽蔑されます。恋人を失うことは怖いですが、友達を失うのも嫌なんです。わがままなことを言っているのは自覚しているんですが、これが僕の本心なんです」

「これは、難問ですね……」

自分の希望ははっきりしているが、その道を歩もうとすると倫理観が邪魔をする。進むべきか退くべきか。何だか、どちらも間違っているような気もしてくる。

畠山さんを納得させられる答えなんてあるのだろうか、という懸念が頭をよぎったときだった。

「整理しよう」

上庭先生が、組んでいた腕をほどいた。「君の悩みは二つ。二人の女性とつきあいたいが、それは人の道を外れた行いなんじゃないか、という悩み。もう一つは、そんなことをして周りの人間から嫌われたくない、という悩み」

「そのとおりです」

「じゃあ、まず一つ目の問題から話そう」

「あ……」

先生の顔つきが変わった。引き締まった横顔に、鋭い眼光。畠山さんは先生の突然の変化に呆然としている。

「二人の女性と同時につきあうことを、君は、異常だ、人としておかしい、そう表現したね。松岡さんが、人として間違っていると言ったときも、君は同意していた」

「はい。友達にも同じことを言われました」

「どうしてだろう？　二人の女性と同時につきあうことが、なぜ人として間違っていると思うのかな」

「それは……そんなことしたら、相手の女性が傷つくじゃないですか」

「だったら、院生の方は現状に納得しているのだから、一人目の彼女を説得できたら悩みは解消だね。当事者が合意済みであれば、誰も傷つくことはない」

「そんな簡単な話じゃないと思います」

「正しいとか間違ってるとか、正常とか異常とか、誰が決めるんだろう？」

「え、誰といいますと？」

「別の言い方をしてみよう。君に複数の女性との交際は異常だという価値観を与えたのは、いったい誰だろうか」

「……誰なんでしょうか」

少し間を置いて、先生が答えを告げる。

「社会だよ」

畠山さんはぴんときていない様子で、口を開いたまま首をひねっていた。

「同性愛についてどう思う？」

突然の質問に、畠山さんはさらに首を大きくひねる。

「僕は男を好きになったことはないですけど、同性が好きなら、その人たち同士で幸せになってくれればいいな、とは思います」

私も同意見だ。

「今の日本では、同性愛は権利として認知されつつある状態と言っていいだろうね。だけど、時代を遡《さかのぼ》れば、あるいは他の国に目を向けてみれば、違う例は山のように見られる」

「差別されているってことですか」

「現代日本社会の価値観で言えばね。同性愛は、社会によっては不道徳として非難されたり、病気として認識されたり、犯罪として扱われることすらある」

「犯罪ですか？」

「過去の話じゃないよ。現代でも、同性愛者は死刑に処される国が存在する」

「ひどすぎます。どうしてそこまでするんでしょう」

「同性愛を排除しようとする理由は、偏見とか、宗教の教えにそむくとか、いろいろと考えられる。一言で説明すると、こうなるんじゃないかな。同性愛は間違っていると、その社会では考えられているからだ」

先生が言いたいことが少しずつ見えてきた。

「善悪のものさし、価値観、それは社会の数だけ存在する。だから君が自分を人として異常だと考えているのは、あくまで現代の日本において異常とみなされている、というだけの話で、決して絶対的な基準ではない」

「そうでしょうか。どんな社会でも許されない行動というのはあると思います。殺人が許されるなんてことはあり得ないですよね」

「そうかな。戦争を経験している国は多いよ」

「それはそうですが」

畠山さんはまだ納得できない様子だった。

「極端な例を出そう。文化人類学という分野がある。さまざまな民族を調査して多様な文化や社会のあり方を研究する、という内容で、文明が浸透していない民族を対象にすることが多い。君はヤノマミという民族を知っているかな」

畠山さんが首を振る。私も知らない。

「最近読んだ本に書かれていた」

先生が立ち上がり、部屋の奥にある本棚から一冊の本を持ってきた。タイトルは『ヤノマミ』、著者は「国分拓《こくぶんひろむ》」とある。畠山さんが受け取り、ページをぱらぱらとめくる。

「NHKのディレクターが、南米のアマゾンで暮らす先住民族を取材して書いた本だ。この本によると、この民族には、僕たちにはとうてい理解の及ばない習慣がある。彼らは、出産した後に、育てるべきではないと判断した赤ん坊を殺してしまう」

「殺す？」

私は耳を疑った。

「いったいどうしてそんなことを」

畠山さんも目を丸くして先生に尋ねる。

「ヤノマミ族の間では、生まれた直後の赤ん坊は人間ではなく精霊であると考えられている。精霊のまま自然に返すか、それとも人間として迎え入れるかを、母親が決めるんだ。どういった基準で決めるのかは、外部の人間にはよくわからない。選ばれなかった赤ん坊はシロアリの蟻塚に放り込み、食べ尽くされるのを待って蟻塚ごと燃やし尽くす。現代でもその風習は残ってるそうだ」

「ひどい……」

畠山さんがつぶやく。

「違う。それは君の勝手な押しつけだ」

先生が否定した。「彼らにとってはこの形が、長年続いてきた正しいあり方なんだ。僕たちが正しくて彼らが間違っていると断罪するのは、自分たちの価値観を安易に絶対視した傲慢《ごうまん》な決めつけでしかない。何が本当に正しいのかなんて、誰にも判定できない」

先生が畠山さんを見つめた。

「君も同じだよ。この社会の価値観に照らし合わせれば、君の感情は確かに正常なものではない。だけどそれは、あくまで現代の日本では、という条件がついた上での考え方だ。人として間違っていると決めつけることは誰にもできない。僕たちにも、君の友人たちにも、そして君自身にもだ。君が今持っている恋愛感情について、後ろめたさを覚える必要はない。二人の人を同時に好きになり、二人とつきあいたいと思った、それはもうしょうがないことだ。その感情を、素直に認めてもいいんじゃないかな」

畠山さんの顔に、初めて光が差す。

「ただ、君以外の人間も同じように君の感情を認めてくれるわけではない」

先生が言って、ふたたび畠山さんがうつむいた。

「世の中の価値観が複数の相手との恋愛を拒絶する以上、周囲の人間は、君のことを非難し続けるだろうね。同性愛を犯罪とみなす社会で生きる同性愛者と同様、君が二人と同時につきあいたいと願う限り、非難は避けられない」

「結局、僕はどうすればいいんでしょうか」

「ここから先は僕がどうこう言える問題じゃない。自分を貫いて二人と同時につきあおうとすると、友達は君を軽蔑するだろう。逆に世の常識に従ってつきあう相手を一人に絞るとなると、周囲との軋轢《あつれき》は少なくなるだろうけれど、君にとってはどちらか一人を選び、別れを告げるという辛い経験をしなければならない。それはもう、自分で苦しんで決めるしかないことだ。僕に言えるのはそれくらいだね」

「そうですよね。人に決めてもらおうなんて甘いですよね」

畠山さんが肩を落とした。

先生のスタイルがわかってきた。専門分野の知識を超えることは一切言わない。あとは相談者本人が考えること。これが先生の方針だ。

だけど私は、やっぱり相談者に前を向いてもらえるようなアドバイスを送りたい。

「あの、私からも一言いいですか。先生の話を聞いて思ったことがあるんです」

「ぜひお願いします」

畠山さんがすがりつくような視線を向ける。

「私、畠山さんは幸せなんじゃないかって思うんです。だって、どんな選択をするかを決める自由があるんですから。先生は、同性愛が犯罪になる国がある、って言ってました。個人の自由を刑罰で押さえつける社会がいくらでもある、ってことですよね。そんな中で、社会の価値観に逆らってでも自分の意思を貫くことができるのは、素晴らしいことなんじゃないかなって思うんです。畠山さんには悩む自由があるし、自分の希望する道を決断する自由もある。二人の女性とつきあったところで逮捕されるわけじゃないです。だから、悲観的にならずに、自分にとってベストの道を考えればいいんじゃないかな、って思うんですよ」

「自由、ですか。そんな風に考えたことなかった」

畠山さんの顔が少しずつ明るくなっていく。「不思議ですね。問題は全然解決していないのに、心がすっとしました。いろんな人に相談したけれど、僕を異常じゃない、と言ってくれた人たちは初めてです」

「異常じゃない、とは言ってないよ。正常・異常という判断は絶対的なものじゃない、と説明しただけだ」

先生が余計な訂正を入れる。

「それで十分ですよ。心が軽くなりました」

「相談は以上かな」

「はい」

畠山さんが立ち上がる。「今日は貴重なお話、ありがとうございました。何か変化があったら、またうかがいます」

「待ってますよ」

私が答えると、畠山さんは白い歯を見せた。

畠山さんが去り、先生と二人きりになった。今日の先生もすごかったですね、そう告げようとしたところで、先生は口元に苦笑いを浮かべ、ぼさぼさの髪の毛を引っ張りながら私の顔を見た。

「松岡さんの最後の発言はちょっとなあ……まあ、結果的にはあの学生のためになったからいいかな」

「私、変なこと言っちゃいました？」

「自由が与えられているのはいいことだ、って言ったよね」

「違うんですか？」

「自由が常に人間にとっていいものだとは限らないよ。もし複数の女性との交際が法律で罰せられる社会だとしたら、彼は二人と同時につきあうという選択肢を一つ奪われることになる。だけど裏を返せば、迷う必要がなくなって楽になれるよね。人間はね、自由が大きすぎると苦痛を感じることもある」

「そうなんですか」

「大学選ぶとき困らなかった？　星の数ほどある大学の中からどうやって決めればいいのか、僕はしばらく悩んだ。高校出たらすぐ家業を継ぐ友達が少しだけ羨ましかったよ。自由はない代わりに、考える必要がなくて楽だから」

確かに進学先を決めるのは難しかった。今の大学、学部を選んだのだって、確固たる理由があったわけではない。

「すべてを自由に決められる状況よりも、周囲の意向や指示に従う方が心地いい場合もある。政治だって、僕たち一人一人の意思の総意で決める民主主義よりも、優れた人間にすべてを任せる独裁がいい、と考える人は少なからずいるからね」

「それ、私も思ったことあります。ものすごく優秀な人がトップに立って全部決めてくれた方が案外うまくいくんじゃないかな、って」

「だから一概に自由という概念を肯定することが正しいとも限らないんだ」

「すいません、勝手に口を挟んでしまって」

先生に頭を下げる。

「いいんだ。今回の場合は彼が持っている自由を強調してあげた方が楽になっただろうからね。だから僕も彼のいる場では君の発言を訂正しなかった」

「私、余計なこと言わない方がいいですか？」

「そんなことはないよ。君が親身になっているのは相手にも伝わってるだろうから、感じたことがあるなら言ってあげた方がいい。相手も、君の言うことだったら素直に聞いてくれるよ」

先生が答えたところで、終了のチャイムが鳴った。

「じゃあ、今日はこれで終わりだね。ゴールデンウィークまであと一日か」

先生がマグカップを持って立ち上がり、洗面台へと向かう。魔法が解けたように、いつの間にか上庭先生がふだんの弛緩した顔に戻っていた。

「今日もありがとうございました。ゴールデンウィーク、楽しんでくださいね」

「おみやげよろしくね」

「そればっかじゃないですか」

苦笑いしつつ、充実感を胸に抱えて相談室を去った。

三限目

認知的不協和の理論

認知要素（知識）間に矛盾した関係（不協和的関係）が生じると、それを解消し協和的関係を作り出すように行動や態度に変化が起こるというもの。

1

上庭《うえば》先生の言ったとおりになった。

世界が何者かの手によって早送りされたのではと疑いたくなるくらい、ゴールデンウィークは一瞬のうちに過ぎ去っていった。

そしてふたたび、講義まみれの日常が始まる。

私は憂鬱になりながらも、去年と同じ轍《てつ》を踏むわけにはいかないと言い聞かせ、連休前より確実に人の減った大学に毎日真面目に通っている。

大学が再開して、最初の木曜日。

この日は、ふだん使う社会学部棟近くの学食ではなく、部室のあるサークル棟の学食でお昼ご飯を食べることになった。一階にある食堂はもう席が埋まっていたので、私たち四人はお盆を持ったまま四階のテラスまで移動した。

三十畳ほどの横長のスペースに、丸テーブルが三脚と自動販売機が置かれている。あまり使う学生がいないため、告白や恋人と過ごすのにうってつけの場所、とされていた。今も、手すりに身を預けて外の風景を眺めている女子学生が一人いるだけだった。

「一つ訊かせてくれる？」

席についた直後に風子が尋ねてきた。「上庭の親だっていう理事長のことなんだけど、どんな人か知ってる？」

「理事長？　どうして？」

「いいから答えてよ」

風子は食事に手をつけず、真剣な顔で私の答えを待っていた。

「上庭先生からは何も聞いたことない。幅増《はばます》先生は、常識が通用する相手ではないって前に言ってたけどね」

「この間、幅増先生に理事長のことをもう少し突っ込んで訊いてみたんだ」

「何て言ってた？」

「詳しくは教えてくれなかった。でもね、一つだけ言ってたのは、理事長って、身分を隠してキャンパスに出没してるんだって。だからキャンパス内で安易に悪口は言うなよ、って言われた」

「身分を隠すってどういうこと?」

「時間がなくて詳しくは聞けなかったんだけど、たぶん、大学の職員にでもなりすまして、至近距離から学生を物色しようってことじゃないの?」

「物色?」

「これは噂なんだけど、理事長の奴、自分好みの女がいないか探してるんだって」

「嘘でしょ?」

風子は真剣な表情で私の手を取った。

「いい、えみる? あんたのゼミの担当はそんなゲス男の血を引いた人間なんだからね。襲われないよう、くれぐれも気をつけてよ」

「うん、心配してくれてありがとう」

風子にはとりあえずお礼を言ったけれど、上庭先生を警戒する必要はないと思う。仮に風子の聞いた噂が真実だとしても、女好きの血は先生にはまったく伝わっていない。恋愛に労力を注ぐくらいなら、一人で甘いものを口にしながらだらだらと漫画を読むことを選ぶんじゃないだろうか。

「そうだ、上庭先生といえば」

私は、三人を見わたしながら胸を張った。「今日、先生にカステラ作ってきたんだ！」

私が言い終えた瞬間、全員が凍りついた。

え？　なんで？

「みんなどうしたの？」

驚愕に満ちた表情が私を取り囲んでいた。

「えみるちゃんが、上庭先生に、お菓子を作ったの？」

真由が念を押すような口調で訊いてくる。

「うん」

「おいしくできた？」

「味見したけどバッチリだったよ！」

「そっか。そうなんだ」

なぜか真由は困った様子で頭を掻いている。

「あの、私、何か変なこと言った？」

三人が互いに目配せをし始めた。アイコンタクトがうまくいかないのか、誰も話しだす気配がない。

「ちょっと！　言いたいことがあるならはっきり言ってよ！　みんな感じ悪い！」

私はテーブルに手を突いて立ち上がった。

「ううん。何でもないの。ゼミの先生のためにお菓子作るなんて発想が私たちにはなかったから、えみるは本当に上庭を慕ってるんだなって思っただけ」

風子が早口で言った。彼女の笑みはどこか取り繕っているように見える。本心を言っているようには思えない。

こういうときは羽村先輩だ。

「羽村先輩。私の目を見て」

「どうした、えみる」

私は目を疑った。常にどっしりと構えているはずの羽村先輩なのに、目は泳ぎ、額からは汗が流れ、口元にはあからさまな愛想笑いを浮かべている。

「どうしたはこっちのセリフなんだけど」

「サークルで学んだお菓子作りの腕前をお世話になっている先生のために披露するなんてすばらしい、とみんな感心しているんだよ」

「嘘くさいなあ。曖昧な態度でごまかすなんて羽村先輩らしくないよ！」

「そ、そんなことはないさ……ところで、どうして先生にお菓子を作ろうと思ったんだ？」

「先生甘いもの好きだから、作ってあげようかなと思って」

「優しいねえ、えみるちゃん！　私なんて、もし頼まれたとしても絶対引き受けないよ」

真由が胸の前で両手を合わせた。

「私もだ。お前の心の広さには敬意を覚えるな」

羽村先輩が同調する。真由の細い首と羽村先輩の太い首が同時に縦に動く。

「そういうこと。あんたのお人好しなところにみんな驚いてるのよ」

風子が言って、縦に動く首が三つになった。

「それは褒めてるの？　呆れてるの？」

「両方ね」

「しょうがないじゃない！　私だって、フラストレーションが溜まってるんだから！」

三人は、今度はいっせいに眉をひそめた。

「サークルのみんなでお菓子作るとき、私全然台所に立たせてもらえないじゃない。いつも簡単な作業だったり、写真係やらされたりで、腕を振るう機会がなくてつまんないの。そんなに私の作るお菓子を食べたくないの？」

「そ、それはたまたまだよ。わかった、今度作るときは、あんたにももっと重要な仕事してもらうから」

「約束だよ？　嘘ついたら罰として風子にも上庭ゼミに入ってもらうから」

「わ、わかった。約束は死んでも守る」

顔を真っ青にした風子が音楽を聴くときの上庭先生のように首を激しく振るのを見て、

私はようやく椅子に腰を下ろす。

「ごまか、いや、落ち着いたところでいい加減ご飯食べよう。みんな話に夢中で全然食事が進んでいないじゃないか」

羽村先輩が止まっていた手を動かし、ご飯を口に運ぶ。

「そうだねー。早く食べないと冷めちゃう」

「急がないと三限に遅刻しちゃうね」

真由と風子も同調して食事に取りかかる。

「羽村先輩、ごまか、って何?」

「は?」

「今そう言ったじゃん」

「そんなこと言ってないじゃん」

「じゃん、なんて言い方いつもしないじゃん。動揺してるじゃん。嘘ついてる証拠じゃん」

「そんなことは断じてないじゃん。私はふだんからこういう喋り方だじゃん」

「明らかに不自然じゃん」

「じゃんじゃんうるさい!」

風子が言った。

「羽村先輩はそんなこと言ってないよー。えみるちゃんの空耳じゃない？」

真由が私の肩を叩く。

「えみる、あんた舌だけじゃなくて耳も悪くなったの？」

「舌？」

「あっ」

風子が慌てた様子で顔をそらし、食事に夢中なふりをする。

「風子、私の舌がどうしたって？」

ごまかす風子を徹底的に追及するつもりだった。だけど、視界の端にとんでもない光景が映り、それどころではなくなった。

外の風景を眺めていた女子学生が、手すりを乗り越えて飛び降りようとしていた。

「何してるんですか！」

急いで立ち上がり、彼女の元へ駆け寄った。彼女は私の姿を見て身体が固まり、そのまま私に抱きかかえられて床に足をつけた。

「ご、ごめん。私、どうかしてたね」

彼女は真っ青な顔でお礼を言ってきた。だが他の三人が近づいてくると、急に恥ずかしそうに顔を伏せ、逃げるようにテラスから出ようとする。

「あの、大丈夫ですか？」

「悩みすぎて頭おかしくなってたみたい。止めてくれてありがとう。もうこんなことはしないから安心して」

振り返った彼女の顔を見ると、目の下にくっきりと隈《くま》が浮き出ていた。頬もやつれている。とても安心はできない。

「ちょっと待ってください！」

私はドアに手を伸ばした彼女に駆け寄った。「私、大学の相談室で手伝いをしてるんです。総合棟の地下にあるので、よかったら来てみませんか？　頼りになる先生がいるから、きっと力になれます」

「相談室？　そういえばそんなのあったね」

弱々しく答えて、彼女は姿を消した。

「あの人見たことある」

風子がつぶやいた。「チアリーディングのサークルやってる人だよ。去年の学園祭で演技を披露してるの見たけど、すごく格好よかったの覚えてる。今はもう別人だね」

「何があったんだろうね」

相談室、ぜひ来てくださいね。心の中でそう念じた。

相談室に入り、ソファーに寝転がって漫画を読んでいる先生の眠たげな顔面にタッパーとフォークをつきつけた。

「何これ……えっ、カステラ？」

先生は、彼に似つかわしくない俊敏な動きで身体を起こした。

「日頃の感謝を込めて作りました」

「ええっ！　僕が食べてもいいのかい？」

「もちろんです」

少女漫画の主人公のように瞳を輝かせる先生の前で、私はどうだとばかりに胸を反らせる。

「僕は今日ほど大学の仕事に就《つ》いてよかったと思えた日はないよ。教え子が僕のためにお菓子を作ってくれるなんて、これ以上の幸せはない。ありがとう、松岡さん」

先生はタッパーの蓋を開け、私の自信作を間近で観察した。

「すごいね、お店で売ってるのと遜色《そんしょく》ない」

「練習しましたから。先生、カステラの作り方、知ってます？　まず型を作るんですけどね……」

「じゃあ、いただきます！」

私の説明など聞かず、フォークでカステラを刺して口に運ぶ。

「どうですか、先生。おいしいですか？」

マグカップにコーヒーを淹れながら尋ね、先生の正面に回る。先生の様子が目に入った瞬間、私はマグカップを落としそうになった。

「どうしたんですか？　顔色悪いですよ？」

顔色だけじゃなく、フォークを握る手が震えている。腕を見るとすべての毛が総立ちになっている。

「ちょうだい」

「………？」

「コーヒー、早く」

上庭先生は奪い取るような勢いでマグカップをつかみ、ものすごい勢いで中身を喉に流し込んだ。それからふたたびカステラに手を伸ばす。まだ七割近く残っているカステラをフォークで突き刺し、大口を開けてむりやり詰め込んだ。

「そんな食べ方しないでくださいよ。もっと味わってください」

「あまりにおいしくて、早く残りをよこせと身体が訴えているんだ」

「本当ですか！　こんなに喜んでもらえるとは思いませんでした。リクエストしてくれたら、いつでも作ってきますよ」

「またいずれね。僕、ちょっとトイレに行ってくる」

先生はなぜか口元を押さえ、急ぎ足で部屋を出ていった。

「そんなにおいしかったのかな、このカステラ」

タッパーに残っていたカステラのかけらをつまんで舌に乗せる。確かにおいしい。だけど、決して手が震えるほどではなかった。風子の言うとおり、私は舌が悪いのだろうか。自分の料理を正しく味わえないなんてもったいない。

十五分ほど経って、ようやく先生は戻ってきた。

「遅いですよ！」

「ごめんごめん。いやあ、戻したらすっきりしたよ」

「戻す？」

「ああ、いや、言葉を間違えた。出したら、だね、出したら」

「そんなこと大声で言わないでくださいよ。じゃあ食べるものも食べましたし、今日のゼミ始めましょうか」

「えー、気が乗らないなあ」

先生があくびをしながらソファーに背中を預ける。

「やる気出してくださいよ。もう連休はとっくに終わったんですよ」

「僕の言ったとおりだっただろう。どんなに長い連休も、いずれは終わりが来る。無常だよね」

「そう、終わりました。だからちゃんと仕事してください」

「やだなあ」

まるで子どもだ。

「幅増ゼミは今日からさっそく研究発表をするらしいですよ。先生も少しは幅増先生を見習うべきじゃないですか？」

「そんなに頑張ることないのにねえ。いいじゃないか、別にゼミなんて」

「何てこと言うんですか！　そんな態度で給料もらって恥ずかしくないんですか！　先生みたいな社会人、私は認めませんよ！」

「働きアリの法則、って知らない？」

腑抜けた顔のまま、先生が訊いてきた。「アリの集団を観察するとね、精力的に働くアリが全体の二割、まずまずの働きを見せるアリが六割、そしてサボってばかりのアリの二割に必ず分かれる」

「先生がアリなら最後の二割でしょうね」

皮肉を言ったはずなのに、先生はなぜか「そうなんだよ！」と言って私を指さした。

「そこでね、働かない二割を取り除いてちゃんと働くアリだけの集団を作るとどうなると思う？　同じなんだ。二割のアリは働かなくなる。つまり、組織を作る以上、ダメな奴というのは必ず存在してしまうんだ。その人のパーソナリティそのものがダメなんじゃなくて、環境によって左右されるということだ。もしかしたら、ダメな奴が一定数存在することこそが、組織が存続するために必要なことなのかもしれない」

「だから自分がちゃんと働かないことにも意義がある、と。そう言いたいわけですか」

「僕の役割は誰かが引き受けないといけないことなんだよ」

「そうですか。それはご立派ですね」

心を空っぽにして賞賛の言葉を吐く。「それも社会学の知識ですか」

「違う」

先生は首を振る。「ただの常識だ」

「すいませんね、物を知らない学生で」

「気にすることはない。これから学んでいけばいい」

「言いましたね。だったらちゃんと学ばせてください」

私が机を叩くと同時に、ドアをノックする音が聞こえた。

2

待ち望んでいた人物が姿を現した。

「来てくれたんですね！」

「あなたは命の恩人だから。恩人の言うことは聞いてみようと思って」

彼女はやつれた顔に笑みを浮かべ、私たちに頭を下げた。

「文学部四年の伴《ばん》です。そちらが上庭先生ですか。あなたの名前も教えてくれる?」

私は自己紹介と、相談室の手伝いをしている理由を話す。

「へえ。ゼミの一環なんだ。面接のときにいい話題になりそう」

「就活されてるんですか?」

伴さんはうなずいた。

「最近は毎日のように説明会や選考に行ってる」

悲鳴を上げたくなった。今は大学生活が楽しくて、社会に出ることなんてずっと先のことのように思えるのに、わずか二年後にはスーツを着て会社を回らないといけないのか。心なしか上庭先生までげんなりしているように見える。先生、少しは就活したんだろうか。先生が面接で自己PRする姿なんて、全然想像できない。

「どうぞ、ソファーに座ってください。今飲み物用意します」

飲み物の希望を聞き、ポットの前へと移動する。

「そういえば、伴さんってチアリーディングやってるんですか? あのとき一緒にいた友達が、去年の学祭で伴さんが演技してるの見たそうなんです。すごく格好よかったって言ってましたよ」

「本当? そう言ってもらえると嬉しい。もともとは運動経験なかったけど、最近ようやくいい演技できるようになってきたんだ」

「チアってふだんはどんな活動してるんですか？　体育会系の応援ですか？」

伴さんに紅茶を差し出し、正面に座る。

「大学野球の応援でかり出されることが多いけど、活動のメインはチアの演技力を競う大会。でもやっぱり、応援が一番楽しい。試合に勝ったときは、自分たちの応援が力になった、って思えるから」

伴さんの白い歯が輝き、初めて生き生きとした表情を見せた。それは一瞬のことで、伴さんはすぐに歯を口の中に収めた。

「だけど四年になってからは、毎日就活で忙しくて、チアどころじゃなくなっちゃった」

深いため息をつく。

「就活の調子はどうですか？」

どうやら彼女を悩ませているのは就職活動のようだ。きっとうまくいっていないんだろう、と思いきや、返ってきたのは意外な答えだった。

「いくつか面接を受けたけど、今のところ全部合格してる。最終面接まで進んでる企業もあるよ。チアのおかげで度胸がついたから緊張で硬くなることはないし、今までいろんな活動に関わってきて話すネタはいくらでもあるから、面接官の受けもいいみたい」

「すごいじゃないですか。てっきり就活で悩んでるのかと思ってたんですけど、違ったんですね」

「いや、悩んでるよ。就活が辛くてたまらないんだ」

伴さんがうつろな表情を浮かべた。「どうしてなのか自分でもわからない。最初は平気だったのに、最近になって急にしんどくなってきた。明日もスーツ着て面接を受けないとって思ったら急に逃げ出したくなって、気がついたら手すりを乗り越えようとしてた。思い出すだけでぞっとするよ。えみるちゃん、本当に助かった」

あらためて伴さんが頭を下げる。

「就活続きで疲れてるんじゃないですか？　少し休んだ方がいいと思いますよ」

「今までだってチアの他にサークル掛け持ちしてたし、バイトだってたくさんやってたから、忙しいのは慣れてるはずなんだけどね」

「他のサークルもやってたんですか？」

「広告研究会って知ってる？」

「え、広告研入ってるんですか」

有名なサークルだ。長い伝統を誇り、学祭を始めとする大学内での行事の宣伝広告を手がけていて、企業との関わりもあるらしい。卒業後は広告関係の仕事に就く学生も多いと聞く。

「チアと広告研の掛け持ちってハードじゃないですか？」

「そうだね。日程が重なってどちらかを休む日も多いから、裏では悪口言われてるんだろうなあ。だけど勉強になることはたくさんあるし、就職にも有利かなと思って」

「サークル掛け持ちしながらバイトもやってたんですか」

「ホテルのパーティー会場でバイトしてる。時給は高いし、マナーや言葉遣いを指導されるから就活にもプラスになる。結婚式の日なんて特にやりがいがある。誰かの特別な日に少しでも役に立てると思うと頑張りたくなるんだ」

伴さんの目が強い光を宿し、またすぐに消えた。

「他にも、山小屋で住み込みで働いたし、テレアポもやった。テレアポはきつかった。一日中、苦情電話を受け続けるんだ」

当時のことを思い出したのか、伴さんの顔にどっと疲労が浮かぶ。目の下の隈が存在感を増した。

「そんな生活だったから、大学に入ってからずっと、予定のない日ってほとんどなかった。だから忙しさのせいで気が滅入っているわけではないと思う」

「サークルと就活は違うんじゃないですか？　やっぱり人生の岐路に立たされているわけだから、自覚してないだけで相当なプレッシャーを感じてるのかもしれません。それに、面接がうまくいったらいったで、本当にこの会社でいいのかなって迷うんじゃないですか？」

「うーん、プレッシャーは多少あるけど、迷いは全然ないよ」

「へえ。やりたいことははっきり決まってるんですね」

何気なく訊いた途端、伴さんの顔が急に険《けわ》しくなった。

「やりたいことを仕事にできるほど世の中甘くないよ。私はこれからも生き残れそうな分野の大手企業を狙ってる。現代は格差社会だし、人口も減っていくから国全体が力をなくすかもしれない。人工知能が人間の仕事を奪うなんて話もある。世の中どんどん厳しくなっていくんだから、これからの時代をどう乗り切っていくか真剣に考えないと」

思いがけない厳しい言葉に、私は気圧《けお》されて何も言えなくなる。

「両親に、自分探しを頑張ってるな、って言われたことがあるけど、変な言葉だね。探すも何も、自分はここにいるのに。今の自分が気にくわなくて、本当の自分がどこかにいるはずだ、みたいな幻想を抱いてるってことだよね。そんな夢を見られるくらい、昔は社会に余裕があったんだろうけど、今はそんなこと言ってられない。自分を探す前に仕事探さないと」

伴さんは拳を握った。

「でも、少しくらい、こういう仕事がしたいっていう希望はないんですか？」

「あまり考えてないなあ。昔は医者になろうとしてたんだけどね」

伴さんはなぜかピースサインを出した。

「あの、それは……？」

「私、二浪してるんだ」

伴さんが少し恥ずかしげに言った。「もともとは理系で、医学部目指してた。父親も医者だから期待に応えたくて頑張ったんだけど、結果が出なくてね。結局滑り止めに受けたこの大学の文学部しか受からなくて、それで医者の道を諦めた」

「理系なのに文学部を？」

「ほんとは文系科目の方が得意だったの。だからって本も読まないくせに文学部を選んだのは明らかに失敗だった。どうせなら就職に強い学部を選べばよかった。でも、後悔してるわけじゃない。むしろ、医学部に落ちてよかった」

「どうしてですか？」

「受験勉強が終わったときに、私は自分の意思で医者を目指していたんじゃなくて、親の敷いたレールの上に乗っていただけだった、って気がついた。その証拠に、医学部への進学を諦めたとき、挫折感はまるでなかった。これから進むべき道を新たに探すことができると思うと喜びさえ湧いてきた。だから、大学に入ったら何でもやってやろう、って決めて、入学してから今日まで、決意したとおりの日々をずっと送ってるよ。興味を持った活動には極力首を突っ込むようにしてる。おかげで毎日睡眠不足だ」

伴さんが話し終えた直後、視界の端に黒い物が映った。隣を見た私はのけぞりそうになった。

先生が大きく身を乗り出していた。伴さんが気まずくなってうつむいてしまうくらい、真剣な面持ちで凝視している。

「あの、私の顔に何かついてます？」

「不思議だな、と思ってね」

先生は言った。「大学では、やりたいことを何でもやろうと積極的だったのに、どうして就活になると、生き残れそうな大手企業に入りたい、と急に守りに入ったんだろう」

「それは……自由に振る舞えるのは大学までだからです。大学までは生計を立てることを真剣に考えなくてもいいから好きなことに取り組めるけど、社会に出てからは老後のことまで念頭に置いて働かないといけないじゃないですか。そう考えると、たとえばフリーターやりながら好きなことして生きよう、なんて気楽な考えは持てなくなりますよね。それに、大手の方が当然給料も高いだろうから、やりがいだってあるじゃないですか」

「なるほど」

と先生は言ったけれど、納得しているようには見えなかった。

「もう一つ訊かせて。君は医者として働いているお父さんのことをどう思ってる？」

「自慢の父です。小さい町の医者だから結構地元では有名なんです。名士と言ってもいいのかな。お父さんにはいつもお世話になっていますなんて、知らないおばあさんから言われて嬉しかったこともあるし。まあ、自分が同じ道を進むべきかどうかというのはまた別の話ですけど」

「なるほど。わかった」

「あっ……」

先生の顔色が変わった。

強く光る瞳に、引き締まった口元。

「君は逃げてるね」

伴さんの顔が硬直した。

「どうして就活頑張ってる私が逃げてることになるんですか」

「就活じゃない。もっと大切なことから君は逃げ続けている」

「はあ？　わかるように説明してくれませんか？」

伴さんの顔がどんどん赤くなっていく。

「君は、認知的不協和、って聞いたことある？」

「にんち……なんですか？　聞いたことないです」

「これから話すのは、半世紀前に行われたある実験だ。まず、学生をたくさん集めて、何の意味もない単純作業を行ってもらった。具体的に言うと、糸巻きを容器に並べては取り出すということを繰り返す作業や、ボード上の穴から棒を引き抜いてひっくり返してまた穴に刺し直す、という作業を、それぞれ三十分ずつやってもらった」

「三十分も続けるんですか」

伴さんが顔をゆがめた。

「作業直後、学生のほとんどはつまらない作業だった、と愚痴を言った。そんな彼らに対し、実験者は指示を出した。次に同じ作業を行ってもらう人たちが控えていたんだけど、彼らに対して『面白い作業だった』と告げるように頼んだんだ」

「嘘をつくってことですか」

「そうだね。まあ、実際には次の作業者たちっていうのはサクラなんだけどね」

「えっ？」

伴さんが目を丸くするのを気に留めることなく、先生は話を続ける。

「その際に、嘘をついたことへの見返りとして、学生たちに報酬を用意した。学生を二つのグループに分け、片方のグループには一人一ドル、もう片方には二十ドルを報酬として支払った」

「そんなに違うんですか？」

「『面白い作業だった』と告げてもらった後で、実験担当者はあらためて一人一人に、作業がどの程度面白かったかを点数で評価してもらった。面白かった場合はプラスの点数、つまらなかった場合はマイナスの点数、どちらでもない場合はゼロだ」

「え？　そんなの、つまらなかった、って答えるに決まってますよね。私だったらマイナス百点くらいつけるんじゃないかな」

先生は首を振った。

「結果は一ドルしかもらえなかったグループの平均がプラスになった。つまり、面白かったと感じた人が多かった、ということだ。一方、二十ドルもらったグループは、当初の感想どおり、マイナスの点数をつけた学生が多かった」

「一ドルもらった人たちも、最初はつまらないって愚痴ってたんですよね？　どうしてもらった金額で答えが変わってくるんですか？」

「学生たちは、単調な作業をつまらないと感じた。だけど、実験者の指示とはいえ、次に作業をする人たちに対して『面白い作業だった』と嘘を言った。本当はつまらなかったのに、他人には面白かったと伝えなければいけない。矛盾してるね。この矛盾した状態を認知的不協和と言うんだ。そして人間は、認知的不協和の状態に耐えられない。何とかしてこの矛盾を解消しようとする」

「言葉の意味はわかりました。それで、一ドルのグループがアンケートに面白いと答えた理由は何なんですか？」

「二十ドルもらった人たちは、多額の報酬を得たのだから嘘をつかされたのも仕方がない、嘘をついた分も報酬に入っている、と自分の中で折り合いをつけられた。嘘をついたことの罪悪感を金銭で解消できたんだね。もう一つのグループは、たった一ドルの報酬では、嘘をついたことを正当化できなかった。ではどうやって不協和を解消させるか。方法は一つだけだ。嘘を本当にしてしまえばいい。つまり、報酬が一ドルだった彼らは自分の感情を書き換えた。あの作業は意外と面白い部分もあった、と自分の認知を変えることによって不協和から脱したんだ」

「なるほど、そういうことですか」

「ブラック企業がなくならない理由の一端がここにある。長時間働かされるのに給料は少ないという不協和を解消させるために、給料は少ないけどやりがいのある仕事だ、とか、お金じゃなくて自分の成長のために仕事をしているんだ、と信じ込む。会社を変えようとしたり辞めたりせずに、低賃金の重労働に耐えようとしてしまう」

「何だか、嫌な話ですね。自分の感情って、そんなに簡単に変わってしまうんですか？」

「イソップ童話で、こんな話を知らない？　キツネがブドウを見つけて採ろうとするんだけど、高いところにあって届かない。何度跳んでも手に入れられなくて、キツネは言う。『あのブドウは酸っぱくてとてもまずいに違いない』。これも同じだね。ブドウが食べたいのに、手に入れることができない。この不協和状態を解消するために、ブドウは酸っぱいって決めつけて自分を納得させるんだ。最初はそんなこと、思ってなかったはずなのに」

先生は鋭い眼光で伴さんを見据えた。

「君は、この認知的不協和に陥っているんじゃないかな」

「君は医学部を目指して、二浪してまで受験勉強に励んだにもかかわらず、試験に落ち続け、医者の道を諦めることになった。その時点で、医者になりたかったのに、医学部へ入れなかったという認知的不協和が生じた。不協和を解消するために君はどうしたか。そう、医者を目指していた自分を否定した。親の希望に応えようとしていただけで、自分が心から望んでいた道じゃなかった、とね」

「それは決めつけがすぎるんじゃないですか。私がそうやって自分をごまかしたなんて、そんな証拠がどこにあるんですか」

「話をしていたときの、君の表情、それから口調だよ」

先生は静かに指摘した。「君はいろんな話をした。就活の話、サークルの話、バイトの話。就活で悩んでいるせいで終始顔色が悪かったけど、その中でたった二回、君の顔が輝いた瞬間がある。いつだかわかる？」

伴さんは眉をひそめ、首を振る。

「チアリーディングの話と、ホテルのバイトの話をしたときだ」

「そういえばそうでした」

私も同意する。

「共通点、わかる？」

「いえ」

「どちらも、他人の喜びのために働けることに価値を見いだしていた」

伴さんの目が大きく見開いた。

「チアリーディングは、自分たちの大会よりも野球応援の方が楽しい、自分たちの応援が力になったと思えるのが嬉しい、そう語っていた。ホテルのバイトも、結婚式の日が一番やりがいがある、誰かの特別な日に少しでも役に立てると思うと頑張りたくなる、と君は言っていた」

「まあ、言いましたけど……」

「君は、本当は親の期待に応えるために医者を目指したんじゃないと思う。町の人たちに感謝されるお父さんを見て、自分も将来は人の役に立つ仕事がしたいと願って、医者の道を歩もうとしたんじゃないか、という気がするんだ」

伴さんはもはや何も言わず、黙って先生を見つめている。背筋を正して、先生の言葉を真摯に受け止めようと構えている。

「医学部への進学を諦めたとき、君は同時に、自分の意思で医者を目指したという経緯、つまり人の役に立ちたいという願いをなかったことにした。認知的不協和を解消するため、つまり、挫折と向き合わないようにするためにね」

伴さんが痛みをこらえるように歯を食いしばる。心を丸裸にされる様子が、見ていて痛々しかった。

「進学後の君がさまざまな活動に関わっていくことを、ご両親は自分探しと評したらしいけど、僕からすれば、君はむしろ自分を薄めようとしているように見える。さまざまな分野に興味がある姿勢を保つことで、本当に自分が望むことから目をそらし続けようとしているんじゃないかな。やりたいことを仕事にするという発想を持たないのを、君は社会状況を理由にした。あれは言い訳だ。人のためになることをしたい、という願いを認めた瞬間、本当は医者になりたかったという事実と向き合わなければいけなくなる。挫折から逃げるために自分の願望から目をそむけ続けなければいけない君に、本当の気持ちがわかるはずがない」

「逃げている、というのはそういう意味ですか」

かすれた声で伴さんがつぶやく。「就活が進めば進むほど辛くなっていったのは、自分の気持ちに気づかないまま突き進んだせいで心が悲鳴を上げていた、ってことなんでしょうか？」

「そういう解釈もできるかもね」

「私、どうすればいいんでしょうか？　今から医学部をもう一度目指すのもどうかと思うし」

「君が決めることだ」

突き放すように先生は言う。「君の言ったとおり、僕たちの未来は決して楽観視できるものではない。自分のやりたいことを追求するよりも、高収入で安定した職場を探すことを最優先させるのが正しいのかもしれない。夢を追いかけた挙げ句、叶わずに人生を棒に振る人だって現実にはいるわけだからね。何が正しいかは誰にもわからない。だから僕には答えられない。医者をあらためて目指すか、歯を食いしばって就活を続けて大企業にこだわるか、あるいは人の役に立てるという観点から仕事を探すか、それは君が考えて決めるんだ」

先生が口を閉じた。悲痛の色を浮かべる伴さんに何か言ってあげたくて、今度は私が口を開いた。

「私の勝手な意見ですけど、言ってもいいですか。挫折に真正面から向き合うって、決して悪いことじゃないと思うんです。惨めな思いからこそ学ぶことのできる大切なことというのは、きっとありますよ。伴さんのようなエネルギッシュな人なら、きっと自分が本当に選ぶべき道を見つけて、ものすごい勢いで突き進むことができると思います」

伴さんはしばらく動かなかった。部屋に来たとき以上に頬がそぎ落とされているように見える。

「伴さん、大丈夫ですか？」

「今……頭の中がごちゃごちゃしていて、何て言ったらいいのか……」

「就活のペースを落としてゆっくり考えてみませんか？」

「そうだね。明日の面接サボっちゃおうかな」

伴さんが答えて、壁にかかった時計を見た。

「もう行かないと。今日もバイトがあるんだ」

老人のような仕草で、伴さんはよろめきながら立ち上がる。

「ごめんなさい。辛い思いをさせてしまいました」

先生に代わって、一言謝っておく。

「心臓えぐられた。怖い先生だね。優しそうな顔してるのに」

わざとらしく胸を押さえる姿を見て、私も少し笑う。

「えみるちゃんがくれた言葉、嬉しかったよ。ありがと。そうだ、連絡先教えてくれない？　また話をしようよ」

「ええ、ぜひ」

連絡先を交換し、別れの言葉を交わして伴さんを見送る。

「だいぶショック受けてましたけど、大丈夫ですかね」

「問題ないよ。本来の彼女はバイタリティに溢れた人みたいだから、君の言ったとおり道さえ決めてしまえば一直線に突き進むくらいのパワーがあるんじゃない？　僕にもエネルギーを分けてほしいくらいだ」

先生は言いながらあくびをする。さっきまでの凜《りん》とした顔つきから、ふだんのだらしない表情に戻っている。

「疲れたなあ。今日はこれで終わり」

立ち上がり、首を動かして骨を鳴らす先生を、敬意を込めて見つめる。本気モードになったときの先生はやっぱりすごい。少し話を聞いただけで、伴さん自身も気づいていなかった心の内側を見事に指摘してみせた。

「先生」

「何だい？」

先生は洗面台でマグカップを洗いながら振り返った。

「カステラ、喜んでもらえてよかったです！」

「あ、うん。ごちそうさま。大変感謝している次第です」

お礼を言う先生の顔は、なぜか引きつっていた。しかも言葉遣いがいつもと違う。

「先生？　どうしました？」

「いや、その、カステラの味が蘇《よみがえ》ってきて平常心を失いかけているんだ」

「思い出すだけで、ですか。そんなにすごいカステラだったんですかね……」

「思い出すだけで、ですよ。そんなにすごいカステラだったんですよね……」

やっぱり言葉遣いがおかしい。まあいいか。先生がおかしいのはいつものことだ。

「じゃあ、また来週よろしくお願いします」

あいさつして部屋を出る。薄暗い廊下を歩きながら、今度は先生に何を作ったら喜んでもらえるかを考えた。

3

あっという間に六月になった。

上庭ゼミに入ることに悩んでいた日々が遠い昔のようだ。つい最近緊張気味に入学してきた一年生も、すっかり大学生活になじんでいる。サークル棟に入ると、新歓コンパに来て以来姿を見せなくなった一年生が、仲間たちと談笑している姿が目に入った。私たちとは縁がなかったけど、自分の居場所をちゃんと見つけられたんだな、と嬉しくなる。

大学に入ってから、時間が過ぎるのが早く感じる。短い四年間の中で私はどれだけのことができるのだろう、などと柄にもないことを考えながら階段を上り、三階にある部室に入る。

「メリエンダ」の部室は、月曜日は全員集まるという決まりがあるが、それ以外の日は、来たい人が好きな時間に来て時間をつぶしていいという、いわば暇人のたまり場と化している。私も、講義の空き時間や、バイト先に向かうまでの中途半端な時間によく利用する。気の置けない仲間とくだらない話ができる、生産的ではないけど大切な時間だ。

「合コン？」

「そう。あんたも行かない？」

部室に入った私を待っていたのは、風子からの合コンの誘いだった。

「男友達から、出会いがないから助けてくれって泣きつかれたのよ。サークルの子を誘おうと思って、今日最初に部室に来た子三人に声かけようって決めてたの。最初の二人がこの子たち。で、三人目があんたってわけ」

風子が机を挟んだ反対側の席に座る一年生二人を指さし、今度はその指を私に向けた。

「合コンなんて初めてです！　これぞ大学生って感じですよね！」

「私もついに彼氏ができるんでしょうか。ああ、想像しただけで心が震えてきます！」

一年生二人は少女漫画のヒロインのように目を輝かせている。

「絶対にお持ち帰りしようねっ」

「絶対に男を食ってやろうねっ」

目つきはヒロインなのに、中身は思い切り肉食動物だった。やれやれ、最近の若者にはついていけない。

「男友達ってどんな人？」

「高校時代の同級生。アホだけど、男らしくて頼りになる奴だから、そいつが連れてくる男もきっといい連中ばかりだよ……ちょっと待ちな、おい、えみる。今何を考えたのか正直に言ってごらん」

「どんないい男を誑《たぶら》かせるのか楽しみだって思いました！」

「嘘つけ！」

風子が一喝する。「どうせこいつの地元仲間なんてヤンキーばかりに決まってる、っていう顔してたよ」

「し、してないよ」

「いい？　何回も言うけど、私はヤンキーなんかじゃなくて、普通のかわいい女子高生だったの。よく覚えておくように」

「うん、たまたま友達の九割がヤンキーだったというだけで、風子は決して」

「だから違う！　何もわかってない！」

風子が必死に否定する。顔が赤くなっていて、その原因は怒りではなく恥辱によるものであることを私はよく知っていた。別に、そんなに恥じる過去でもないと思うんだけど。

「とにかく！」

風子が話を戻す。「あんたもさ、前の彼氏と別れてしばらく経つでしょ？　もう昔のことは吹っ切れたみたいだし、そろそろ新しい出会いを探してみてもいいんじゃない？　さっきも言ったけど、頭は悪いけどみんないい奴だよ。一緒にいて楽しいし、女性を大切にしてくれる。浮気なんて真似、絶対にしない」

おそらく、最初に来た三人を誘おうと思っていたという風子の発言は嘘だ。いや、最初の二人までは本当かもしれないけれど、最後の一枠は失恋をした友達のためにとっておいてくれたのだろう。風子は一見ぶっきらぼうだけど、情には厚い。これがヤンキーのいいところ。

「……今、余計なこと考えなかった？」

「いえ、何も！」

この子、今日はいつになく鋭いな……。

「合コンかあ。どうしようかなあ……」

言葉を濁しつつも、参加の方向に心が傾いていた。すぐに同意するのがはしたないような気がして、迷うふりをしてみただけだ。

ちょっと時間を空けて、そろそろ答えてもいいかな、と思い、

「うーん……ごめん、私はやめとく」

あれ、断っちゃった……。

「そっか。ま、無理強いはしない。気が変わったらいつでも声かけて。また新しくセッテイングしてあげるから」

残念そうな風子を見て罪悪感が込み上げる。

本当は行く、って答えるつもりだった。それなのに、口を開こうとした瞬間、なぜか上

庭先生の引き締まった横顔が浮かび、気がついたときには正反対の返答をしていた。

……ま、まさかね。偶然思い出しただけだ。

私の動揺をよそに、風子が難しい顔で頭をひねる。

「うーん、えみるがダメだったかあ」

「真由誘えば？　あの子いたら男性陣も喜ぶでしょ？」

「ダメよ。男どもはみんな真由に群がるだろうから、この子たちの立場がなくなる」

風子が一年生二人を顎で指す。「次に部室に来た子を合コンに誘うか」

風子が言い終わらないうちに、部室の扉が勢いよく開いた。

「合コンですって？」

風子にとって最悪のタイミングだった。

「める子……」

露骨に顔をしかめる風子に構わず、める子は風子の隣に座る。

「私が行くよ！　よろしくね！」

「いや、める子、あのね」

「次に来た子を誘うって言ったよね？　私、ちゃんと聞いてたよ」

「待って。あんた、羽村先輩と一緒じゃない」

風子が顎で入口を指す。

そこで初めて、羽村先輩もいることに気がついた。苦笑いを浮かべた羽村先輩の大きな身体が、入口をふさぐようにしてそびえ立っている。

「でも部室に入ったのは私が先だったよ！」

「一緒に来たんだから平等に扱わないと」

風子の顔がいっそう険しくなる。

「私は行かないよ」

羽村先輩が苦笑いを浮かべた。「行ったところで私に興味を示してくれる人などいないだろうし」

「そうだよね！　ほら、羽村先輩も行かないって言ってるわけだし、やっぱり私が行ってもいいでしょ！」

「まあ、そうだけど……」

「いいのね！　やった！　私ね、今まで合コンって行ったことなかったんだ！　どんな感じなんだろ、楽しみだなあ。ねえ風子、相手はどんな人たちなの？　みんなイケメン？あれ、でも確か風子ってヤンキーだったんだよね。品のない人たちだったら嫌だなあ」

「えみる、羽村先輩、そろそろ行こうか。真由も呼んでファミレスでご飯食べない？」

硬い表情のまま、風子が立ち上がった。

「えー、どうして行っちゃうのよ。私、まだ来たばっかりなのに。合コン相手のことちゃんと話してよ。それに、日付や場所も教えてくれないと」

「この二人もメンツに入ってるから、話聞いといて。全部伝えてあるから」

戸惑った様子の後輩二人を顎で指し、風子は鞄をつかんでさっさと外に出る。後輩たちがかわいそうだったけど、私は羽村先輩と一緒に風子の背中を追った。

「私、あいつだけはダメだ。同じ空気を吸ってるだけで吐き気がしそう」

風子が言った。

「でも、合コンは一緒に行くことになっちゃったよ？」

「強引に押し切られた。あんなに厚かましい奴初めてだ」

「相性が悪いんだな。仕方がない」

羽村先輩が笑いながら言う。それを見た風子は足を止め、今度は羽村先輩に詰め寄った。

「ていうかさ、羽村先輩ももっと怒りなよ！　あんたが、自分は合コンに行かない、って言ったときのこと覚えてる？　自分に興味を持ってくれる男はいないだろうから合コンに行っても仕方がない、って答えたとき、める子の奴何て言ったか忘れてないよね？」

「さあ、何だっけな」

「そうだよね、って言ったのよ！　失礼にもほどがあるよ！　あれだけは絶対に許せない！　怒れなかった自分にも腹が立つよ！」

「落ち着け、風子。見られてるぞ」

廊下を歩く学生たちが、皆訝《いぶか》しげな視線を向けていた。風子は足取り荒く階段を降りて、外に出た。

真由を呼び、大学の近くにあるファミレスへ向かう。

ファミレスでも、風子の罵詈雑言《ばりぞうごん》はやまなかった。真由が遅れて合流すると、風子は怒りのボルテージを落とすことなく今日の出来事を最初から語って聞かせた。

「うわー、最悪だね。私もめる子ちゃんはダメ。自分勝手で、無神経で、困った子だよね。サークル辞めてくれたらいいのに」

パスタを口に運びながら、真由は風子に同調した。

「あいつ、いっぺん締《し》めてやろうかな。そうしたらおとなしくなるかな」

やっぱりあんたヤンキーじゃない、とはさすがに突っ込めなかった。

「それは逆効果だよー」

真由が言った。「あの子が前に入ってたサークルを辞めるまでのこと知ってる？　あの子の振る舞いに我慢ならなくなった男の先輩が注意したら、あの子逆恨みしちゃって、口説かれたとかセクハラされたとか嘘ついて、サークルが崩壊しかけたって噂だよ。風子が何か言ったところで、へこむような子じゃない。まともに向き合ったって、ろくなことにはならないよ」

真由の大きな瞳が怪しい光を浮かべていた。

「じゃあどうすりゃいいのよ」

「風子ちゃんはヤンキーだから知らないだろうけど」

「はあ？」

風子がにらみつけるが真由は動じない。

「嫌いな子を黙らせる方法ってのはね、いろいろあるのよ」

「それ、どういうことよ」

風子が首を傾げる。

「そろそろ、今度のお菓子作りの計画立てる時期だよね」

「来週の月曜の会議で決める予定だけど」

「あの子、会議の時間いつも来ないよね」

「講義と重なってるからね。いつも会議の後になってからいろいろ文句言ってきてほんとむかつく」

「そんな身勝手な子にはさ、ちょっとくらい罰を与えてもいいと思わない？」

真由の目が一段と大きくなった。

「嘘、教えちゃおうよ」

こんなときでも、真由はかわいらしい笑みを浮かべていた。

「める子ちゃんにお菓子作りの日程聞かれてもさ、まだ決まってない、って言うの。当日は、あの子抜きでお菓子を作る。」そして、あの子の前で、お菓子作り楽しかったねって話をみんなでするの。そのときめる子ちゃんがどんな顔するか、想像するだけでわくわくしてこない？」

人を陥れる卑劣な計画を楽しげに語る真由の姿を前にして、腰のあたりから生じた悪寒が背中を駆け上がっていく。きっと、真由がこういう手を使うのは初めてではない。中学、高校時代も、この子は同じようなやり方で気にくわない子を追い詰めていたんだろう。

そうだ、こんなの、中学生や高校生がやるようなことだ。私たちは大学生、二十歳になる大人がやるようなことじゃない。

もう、卑怯なことをするのはこりごりだ。

風子はきっと首を横に振る。私は信じていた。風子はこんな曲がった行いを許さない。どれだけめる子を嫌っていたとしても、彼女を騙すような真似はしないはずだ。

風子は顎に手を当てて興味深そうにうなずいた。

「面白そうじゃん、それ」

二人に気づかれないように、私は小さくため息をつく。

「ね、試しに一度、やってみようよ。自分が嫌われてるってこと、める子ちゃんにも自覚させるべきよ。あの子にとってもいい薬になると思う」

「いいね。その話、乗った」

「羽村先輩。先輩も協力してくれるでしょ？」

真由が小さな顔を傾げる。

大丈夫、羽村先輩が止めてくれる。良識があるし、それを貫く心の強さもある。

「ああ、いいよ」

耳がおかしくなったのかと思った。まさか羽村先輩が即答で誘いに乗るなんて。

「えみるちゃんも、もちろんやるよね？」

ああ、私に回ってきた。真由を止めてくれる人はもう誰もいない。

過去からの声が、体内で響く。

「えみるちゃん、本当に卑怯者だよね」

忘れかけていた罵倒が息を吹き返し、心の深いところに突き刺さる。

耳をふさごうとして手を上げかけるが、もちろん意味はない。この声は私の内側にすっかり住み着いていて、耳を通さずに直接私の全身を揺さぶってくるのだから。

「えみるちゃん？」

私を覗き込む真由の表情は、様子のおかしい私を純粋に心配しているようだった。疑念の色はまったくない。私が拒否するなんて思ってもいないらしい。それが逆に私を追い詰める。

「うん。やろう」

私はうなずいた。

真由がほほえむ。風子がほくそ笑んでいる。そして羽村先輩の笑みは、若干引きつっているような気がした。

4

三時間近くファミレスで過ごした。風子と真由は帰り道が違うので店の前で別れ、私と羽村先輩の二人で夜道を歩く。

歩きながらめる子のことを考える。さっき真由がめる子の性格を端的に表していた。自分勝手で、無神経。思い当たるエピソードは数え切れないほどある。そのいくつかを思い出しながら夜の道を歩いているときのことだった。

「さっきの話どう思う」

羽村先輩が言った。

「める子のこと?」

「真由の提案したこと、ほんとはあまり乗り気じゃないだろう?」

「よくわかったね」

「お前の様子見てたらわかる。私もやりたくないよ。どうしてこんな中学生みたいなくだらない真似をしないといけないんだろうな」

「でも、先輩はすぐ賛成してたよね」

私は自分を棚に上げて指摘する。「意外だった。先輩はきっぱり断ると思ってたから。むしろ、風子や真由を説得してくれるって期待してた」

「買い被りすぎだ」

羽村先輩は自嘲気味に笑う。

「私が思う羽村先輩って、すごく器が大きい人。この間、飲み会の帰りに後輩たちが酔っ払ったおじさんに絡まれたとき、すぐに間に入って丸く収めてくれたよね。ベビーカーを押して電車に乗ってきたお母さんに文句を言う人を見かけたときも、先輩は物怖じせずに諫《いさ》めようとしてた。どっちも、当事者以上に先輩がひどい暴言吐かれていたのに、先輩はすぐに何事もなかったような顔に戻って私たちとくだらないことで笑ってた。私、そんな先輩のこと、格好いいなって思ってる」

「そういえばそんなこともあったなあ」

「だからこそ、羽村先輩が真由の提案にあっさり賛成するとは思わなかった。先輩も、める子のこと嫌い？」

羽村先輩は首を横に振った。

「癖はあるけどな。嫌う、というところまではいかない」

「じゃあどうして反対しなかったの？」

と尋ねると、羽村先輩の顔色ががらりと変わった。

「えみる、聞いてくれるか」

真剣な顔つきに圧倒され、私は何も言えずにうなずいた。

「私は、見知らぬ人間に罵倒されることには耐えられるんだ。もう慣れたからな。だけど、一つだけ、どんな手を使ってでも避けたいことがある。友達に裏切られることだ」

羽村先輩は静かに告白する。「高校生のとき、いじめられてたんだ」

「先輩が？」

「昔から太ってたからな。いじめるには格好の材料だったんだろう」

「意外。いつも堂々としてるし、身体のことも笑いのネタにしているから、いじめとは無縁だと思ってた」

「それは大学に入ってから身につけた処世術だよ。自分からネタにすれば、いじられることはあってもあからさまに見下されることはなくなる。高校まではそれができなくて、周囲の目を気にして怯《おび》えてばかりいた。余計に連中の嗜虐心《しぎゃくしん》をかき立てていたんだろうな」

羽村先輩が唇を嚙みしめる。

「中学までは友達も多かったからそこまでバカにされなかったけど、高校は違った。クラスの中心にいた連中が私の体形を揶揄《やゆ》するあだ名をつけて、それが瞬く間に他のクラスにも広まった。自分でもよくできたあだ名だと思ったくらいだから、耳に残りやすいネーミングだったんだろうな。名付け親は今、コピーライター目指して専門学校行っているらしい」

羽村先輩が笑う。私は笑わなかった。

「高校には中学時代からの友達も何人かいたけど、彼女たちもそのあだ名を口にするようになって、私から遠ざかっていった。結局、高校時代は一人も友達ができなかった。地獄のような三年間だった。大学で一から出直すことだけを支えにして毎日耐え続けた。だから、わかるか、えみる」

羽村先輩が私を見つめた。

「お前たちと仲良くなれたことは、私にとって本当に価値のあることなんだよ」

面と向かって言われると恥ずかしいことだけど、羽村先輩の表情があまりに真剣だったので、私は目をそらさずに先輩を見つめる。

「部室でくだらないことをだらだらと話しているだけの、生産性のまるでない時間を積み重ねる日々が、私にとってはこれ以上ない財産なんだ。みんな、愉快でいい奴ばかりだ。私をからかう奴はいても、本気で侮蔑《ぶべつ》する奴は誰もいない」

「当たり前だよ、そんなの」

「私にとっては当たり前じゃないんだ」

羽村先輩が首を振った。「だから、自分の居場所を壊すようなことは、絶対に避けたい」

ようやく、話が繋がった。

「真由や風子に逆らったら、どんな扱いをされるかわからない。ただでさえ悪口の材料には事欠かないから、あっという間に私はめる子と同列に扱われるかもしれない。考えすぎだと思うか？　私にはそう思えない。信頼していたはずの友達があっさり態度を変えた前例があるからな。だから、その可能性を避けるためならどんな卑怯なこともする。める子には申し訳ないけど、私も結局自分がいちばんかわいいんだ」

羽村先輩が、ふがいない自分に耐えかねるように唇を震わせた。

「仮に、仮にだ。今後、もしえみるが排除の対象になるようなことがあれば、私はきっと自分を守るために周囲に流されるだろう。えみる、お前、私のことを器が大きいって言ったよな？　悪いけど、えみるは人を見る目がないよ。私は、自分のことしか考えられないずるい人間なんだ」

「羽村先輩、もういいよ」

私は笑みを向ける。「そんなことまで言う必要ないのに。正直にもほどがあるよ」

「どうせなら全部さらけ出したかったんだ。実は途中から、自分の醜いところを告白することに快感を覚えるようになってきた」

「ずるいよ、自分だけ楽になるなんて」

「私のこと軽蔑しただろうな」

「してない。というより、先輩を軽蔑する資格なんて、私にはないよ」

「私を軽蔑するための資格試験でも開かれてるのか？」

「腹立たしいことに、私は不合格だったの。私もね、羽村先輩と一緒。自分の身を守ることしか考えない卑怯者なの。昔の友達にもそう言われたことがある」

「友達に卑怯者と言われるのは辛いな」

「私はね、羽村先輩と逆なの」

先輩が被害者なら、私は加害者側の人間だった。「中学三年のとき、クラスの女子ほとんど全員から無視されたときに、一人だけ私と仲良くし続けてくれた子がいた。私の味方をしたせいで、その子までみんなから無視されたんだけど、彼女は私の友達をやめなかった。その子のおかげで、私は不登校にならずに中学校を卒業できた」

「いい友達を持ったんだな」

「私はその子を裏切ったんだけどね」

感心してうなずいていた羽村先輩の動きが、ぴたりと止まる。

「二人とも同じ高校に進学したんだけど、新しいクラスでは彼女が排除の対象になったの。今度は私が助ける番だと思った。でもそれ以上に、もう他人から存在しないものとして扱われるのは耐えられない、という恐怖が強かった。私は長いものに巻かれることを選んだ。彼女との友情をなかったことにして、少しずつ距離を置いていった。彼女を見捨てる代わりに新しい友達を見つけて、楽しい高校生活を送ることに成功した。彼女が孤独に陥っているのを見ないふりしながらね」

羽村先輩の気持ちがわかった。自分の恥ずかしい過去を明かすことが、不思議と気持ちよく感じられる。

「卒業式当日、あなたは平気で友達を見捨てる卑怯者だね、ってその子に言われた。卒業すればあなたの顔を見なくて済むから本当に嬉しい、とまで言われた。悔しかったけど、私は反論できなかった。恩を仇《あだ》で返した私は、間違いなく卑怯な人間だったから。それが、私にとって高校生活最後の出来事。だから、高校時代のことはあまり思い出したくない。楽しい出来事もたくさんあったはずなのに、いつも真っ先に蘇るのはかつての友達に自分のいちばん醜いところを指摘された記憶だから」

羽村先輩が黙ってうなずく。

「卑怯者と言われて、自分のやったことを悔やんだはずだったのに、める子を騙そうっていう誘いを断れなかった。頭の中では、かつての友達が私を罵ってた。私を止めるためにね。それでも、私は耳を貸さなかった。それどころか、自分の行為を肯定する材料にした」

「材料？」

「どうせ私は卑怯者なんだから、誘いに乗っちゃおう、って思ったの。真由の誘いを断らない言い訳に使った、ってわけ」

「なるほどなあ」

「正しいことのためにその場の空気を悪くしてでも自分の意見を主張する、ってことが昔から苦手なんだ。万引きをしようとする友達を止められなかったこともあった。去年留年しかけるくらい遊びすぎたのだって、誘いを断れなかったのが理由の一つなんだ。断ったら嫌われるかもしれない、って心配になって」

ちょっと話がそれちゃったね。私はそう言って、話を戻す。

「というわけで、私もあなたと一緒。自分を守るために嫌いでもない子を陥れようとしているの。同じ過ちを繰り返そうとしている分、私の方がタチが悪いかもね」

「えみるも、める子は嫌いではないのか？」

「める子には感謝してる」

「ほう、感謝とはね」

先輩が興味深そうに私を見つめる。

「今年、彼氏と別れたじゃない」

「そうだったな」

「める子は、私が失恋したことは知らなかったと思うんだけど、私がへこんでいるのは見ていてわかったんだろうね。ある日、鞄を置いたまま部室を離れて戻ってきたら、バナナが入っていたんだ」

「は？　バナナ？」

「バナナには付箋が貼られてた。バナナは低カロリーなのに栄養がたくさん詰まってるから、食べて元気出してね！　って書かれていて、隅にめる子の名前があった」

「どうしてあいつ、バナナなんて持参してるんだ？」

「おかしいよね、バナナ持ち歩いている女子大生なんて」

「食ったのか」

「家に帰ってからね。あれ、結構高いバナナだと思う。私がふだん買ってる安物のバナナとは違って、濃厚な味でおいしかった」

「えみるの『おいしい』はあてになるのかどうか……」

「え？」

「ん？　私は何も言ってない」

「あれ、そうだった？」

何かつぶやいてたはずだけど。

「める子を鬱陶しいと思うこともあるけど、心が弱っているときにおいしいものを食べさせてくれた人を嫌いにはなれない」

嫌いになれたらどれだけ楽だっただろう。ためらいなく、める子を陥れることができたのに。

実は真由の計画を聞いてからずっと、私はめる子を嫌いになろうと努力し続けていた。める子の身勝手な言動を次々と思い出し、私はめる子が嫌いだ、ずっと前から嫌いだったと言い聞かせようとしてきた。

だけど、その試みは失敗した。

認知的不協和の理論を思い出したからだ。

何の恨みもないめる子を、陥れないといけない。この居心地の悪い状況を解消するために、める子に振り回されたエピソードをかき集めて、私はもともとめる子が嫌いだった、と認識を書き換えようとしていたのだ。

余計なことに気づいてしまった。

上庭先生の顔を思い浮かべ、半ば本気で文句を言う。

先生、どうしてくれるんですか。先生のせいで、める子を嫌いになれなかったじゃないですか。

める子は悪いところもたくさんある。だけど、落ち込む私を励ましてくれたことは、今でも忘れられない。

それなのに私は、める子を陥れようとしている。

本当にそれでいいの？　自分に問いかけるが答えは出ない。認知的不協和の状態は続いたままだ。

「これからのことを考えると憂鬱だな」

羽村先輩のつぶやきに、うなずきで応えた。

四限目　スケープゴート

贖罪《しょくざい》のため神に供えるいけにえの山羊のように、民衆の不平・不満や怒りを巧妙にそらすための身代りを言う。

1

その学生は、相談室のドアをじっと見つめていた。私に気づくと、慌てて立ち去ろうとする。相談室を訪ねるかどうか迷っているのは明らかだった。

「こんにちは。相談をご希望ですか？」

「いえ、そういうわけでは……」

彼女がうつむく。赤くなった顔には、まだ子どもっぽさが残っていた。三つ編みで眼鏡をかけた顔に、量販店で適当に見繕ったような服に身を包んだ姿からは、地方から出てきたばかりの垢抜けない少女、という雰囲気がにじみ出ている。

「私、社会学部二年の松岡といいます。相談室の手伝いをしているんですけど、よかったら一緒に入りませんか？」

笑みを向けると、彼女は戸惑いながらも自己紹介をした。

「社会学部一年の吉井《よしい》です」

「一緒じゃん！　実は、今日の相談員も、シャガクの先生なんだよ」

「先生がいらっしゃるんですか？」

「そうなの。さあ、中へどうぞ」

ドアノブに手をかける。

「いえ、別に相談があるわけでは……」

「ないならないでいいからさ、せっかくだからちょっと遊びに来ない？　コーヒーくらい出すよ」

吉井さんは少しためらってから、「じゃあちょっとだけ」と答えた。

吉井さんを連れて相談室のドアを開くと、上庭《うえば》先生がいつものように漫画を読みながら寝そべっていた。

「そこに座ってるだらしない男の人が上庭先生。先生、お客さんですよ。起きてください」

「君にだらしないなんて言われたくないね。毎日文句も言わず労働に勤《いそ》しんでいるというのに」

「この間、親を殺して遺産を独り占めして一生遊んで暮らす計画を語っていたのは誰でしたっけ？」

「遊びすぎたせいで単位が足りなかったのに、お情けで進級させてもらったのは誰だったっけ？」

「……よ、吉井さん、シャガクの先輩として一つだけアドバイスするけど、社会心理学って講義だけは履修しちゃいけないよ。とてつもなくつまらないから」

いけないいけない。上庭先生に構っている暇があるなら、相談者の緊張をほぐしてあげないと。

「あ、形勢が悪くなったから話をそらしたな」

「うるせえ黙れ」

「な、何だって？」

愕然とする先生を無視して、コーヒーを吉井さんに差し出す。

「この相談室のことは前から知ってたの？」

「噂を耳にしたんです」

噂？

「木曜日の相談室にはどんな厄介な悩みも解決してくれるすごい人がいる、って聞いたん

です。男の人と若い女性が二人でやっていて、いつも漫才のようなやりとりをしていると
か何とか」

誰が漫才師だよ……。

今までの人生で味わったことのない屈辱だ。

「困ったなあ。過大評価が過ぎるよ」

上庭先生が頭を掻いた。「どんな悩みも、というのは言いすぎだ。僕は自分の知識に照らし合わせたことしか言えないから、内容によっては何の役にも立たないことだってあるのに」

先生がぼやくのを聞いて、吉井さんが捨てられた子犬のような表情へと変わる。

「大丈夫！」

吉井さんを励ますように、私は元気な声を出した。「口では弱気なことばかり言ってるけど、いざというときは頼りになるから、安心してね」

「はい。いや、でも、別に相談に乗ってもらうほどの事情があるわけでは……」

吉井さんが口ごもる。本当にたいした悩みがないのなら相談室の前まで来るはずがない。切実なものを抱えているけど、まだ話すことに抵抗があるのだろう。

「相談室は、必ずしも明確な悩み事がなくても来ていいんだ」

珍しく上庭先生が助け船を出した。「アドバイスを求めるような内容でなくても構わな

い。自慢話でも誰かの悪口でも雑談でも何でもいい。全部、松岡さんが聞いてくれるから」

「え、私？」

「僕より君の方が聞き上手だ」

「だからって丸投げはやめてくださいよ」

「相談者から話を引き出すのが君の役目。助言をするのが僕の仕事。今までもお互いの得意分野を生かしてやってきたじゃないか」

「得意分野、なんていいように言わないでください。仕事をサボりたいだけのくせに」

私たちのやりとりがおかしかったのか、吉井さんが小さく噴き出した。口元を押さえて、笑いをこらえている。

まあ、いいか。上庭先生の言うとおり、相談者の話を引き出すのは私の方がはるかに向いている。

「大学入ってみてどう？　今年はどんな講義受けてるの？」

世間話から始めることにした。話している間に警戒心もほぐれてきて、悩みを口にしてくれるかもしれない。

その狙いは当たった。吉井さんがどんな大学生活を送っているか聞いているうちに、彼女が抱えているものを察することができた。

地方から出てきて、知り合いが一人もいない中で始まった大学生活。自分に合うサークルを見つけられず、バイトを始める度胸もない。苦手なので飲み会は極力避ける。一緒につるむような友達もいない。

吉井さんは孤独なのだ。

相談室に来るのをためらう気持ちがわかった。深刻ではあるが、確かに人に相談するのが恥ずかしい悩みだ。

「基礎ゼミはどんな感じなの？」

一年生は基礎ゼミという講義がある。二年からのゼミとは違い、大学側がランダムで編成したクラスに先生が一人つき、みんなで専門書の読み込みや討論を行う。私の基礎ゼミを受け持ってくれたのが幅増《はばます》先生であり、今のサークルに入ったのは基礎ゼミで一緒だった風子と仲よくなったのがきっかけだった。

「基礎ゼミは……」

吉井さんの顔が急に暗くなった。「仲のいい子がいたんですけど、嫌われちゃいました」

きっとここに吉井さんの苦悩の根源があるのだろうと思い、私はその友達との事情を聞き出した。

吉井さんは、大学にいる間は常にその友達と行動していた。一緒に講義を受け、昼ご飯を食べた。

それが、五月下旬頃からその友達が吉井さんを避けるようになった。ＬＩＮＥをしても返事はなく、同じ講義の間も離れた席を選び、昼休みもどこかへ消えていく。彼女に話しかけても、適当な返事をしてすぐに去ってしまう。喧嘩をしたわけでもないのに、どうして態度が豹変《ひょうへん》したのかさっぱりわからない。

その友達と最後に二人で過ごした日にどんなやりとりをしたのかを聞いてみた。講義の話をしたり、滑り止めの大学にしか入れなかったことへの愚痴を聞いたりと、いつもどおりの話題だったそうだ。

「私が彼女を怒らせることを言ったのかどうか、ずっと考えてるんです。だけど、思い当たる節は何もない」

「その友達……ごめん、名前教えてもらっていい？」

いちいち「その友達」と言うのが面倒くさくなってきた。

「はい。同じ社会学部の、日野明歩《ひのあきほ》さんという人です」

「ひのさん……？」

身を乗り出した。「私、その人知ってるかも」

「えっ」

「私が入ってるサークルの新歓コンパに来たの。サークルには入らなかったけどね」

スマートフォンを取り出し、新歓コンパの写真を吉井さんに見せる。同じテーブルの人たちと撮った写真の中に、ふてくされたような顔をした日野さんの姿があった。

「そうです。彼女です」

新歓コンパには来たけどサークルに入らない新入生はたくさんいる。それでも私が彼女を覚えているのは、印象的な出来事があったからだ。

会場に来た日野さんは、私たち先輩にあいさつをして、近くの席に座った人と笑顔で会話を交わしていた。だけど、その後に入ってきた新入生に話しかけられてから、日野さんの態度がおかしくなった。

「あれ、日野さんじゃん！　大学一緒だったの？」

二人は同じ高校の同級生だったそうだ。

同級生が近くに座ってから、日野さんはほとんど喋らなくなった。話を振っても最小限の答えしかしないし、誰かが面白いことを言ってもほとんど表情を変えない。自分から誰かに話しかけることはなく、ずっと居心地悪そうにしていた。

「日野さんが入ってこなくてほっとしました」

サークルに入った日野さんの同級生は、後日そう語った。「あの子、暗くて苦手なんです。高校のとき、友達一人もいなかったんじゃないかな」

まさか日野さんが吉井さんの友達だったとは。

「あのね、もしかしたら私、吉井さんの助けになれるかもしれない。実は最近、日野さんを何度か見かけてる」

「ほんとですか？」

「日野さんは、サークルに入ったんじゃないかな」

今月の頭から、サークル棟で仲間と談笑している日野さんの姿を何度か見ている。自分の居場所を見つけたんだ、と思っていたけど、一方で別の友達と縁を切ろうとしていたなんて。

「サークルに入るなんて話、私には一言もなかったんですが……」

「私、日野さんに声かけてみようか。彼女が入ったらしいサークルの溜まり場、私もよく通る場所なんだ。さりげなく話しかけて、吉井さんをどう思っているのか聞き出してみる」

「そんな。そこまでしてもらうなんて申し訳ないです」

「気にしないで。その代わり、あまり期待しないでね。話ができたら吉井さんに伝えるから、連絡先教えてもらっていい？」

お互いスマートフォンを取り出した。登録が完了した後も、私の連絡先が表示されているスマホの画面を、吉井さんはじっと見つめていた。この子が大学で連絡先を交換した相手は、私の他に何人いるのだろう。

それからしばらく雑談をして、吉井さんは荷物を持って立ち上がった。

「木曜日の四限はいつもいるから、気が向いたらまた来てね」

「はい。今日はありがとうございました」

「そうだ、月曜二限の自然科学取ってるなら、私と一緒に講義受けてくれない？　私、理系科目が苦手で、講義の内容全然わからないんだ。助けてくれる？」

「私でいいんですか？」

「もちろん」

「じゃあ、よろしくお願いします」

吉井さんは嬉しそうな顔を見せ、部屋から去った。最後に相談者の笑顔を見られたことに充実感を覚えていると、横から冷ややかな声が飛んできた。

「僕はあまり感心しないなあ」

上庭先生が険しい顔で腕を組んでいた。吉井さんが話している間、先生は一度も口を開かなかった。

「相談室の役割は学生の相談を聞いて適切な助言をすることだ。松岡さんがやろうとしていることは、相談室の業務の範疇《はんちゅう》を超えているよ」

「学生の対応を私に任せっぱなしにしてたくせに、文句言うのはやめてください。そういう先生こそ、吉井さんに何一つアドバイスできてないじゃないですか」

「さっきも言ったけど、僕は社会学の知識を使ってしかアドバイスできないんだ。だから、相性のいい相談とそうでない相談がある。僕は本来、カウンセリングについては素人だ。できる範囲のことしかやってはいけないんだよ」

先生の言うことは正しいのかもしれないけど、素直に同意することはできなかった。いくら自分の知識が使えないからといって、勇気を出して相談室に来た相手に何も言葉をかけてあげないなんて、あまりにも冷たすぎやしないだろうか。

残されたわずかな時間を使って、一応先生は指導をしてくれた。だけど、先生へのわだかまりが消えず、集中して聞くことはできなかった。

2

翌日、二限の現代史の教室で、日野さんを見つけた。

日野さんは大教室の最前列で受講していた。この講義はいつも学生の私語が多く、先生も注意しないので教室はかなり騒がしかったが、彼女は黙々とノートを取っていた。授業態度はかなり真面目らしい。

講義が終わると、日野さんはすぐに立ち上がり、急ぎ足で教室を去っていく。私は日野さんを追った。

それにしても、あの服装、何か違うよな。追いかけながら、余計な考えが頭をよぎる。お洒落に気を遣っているのはわかるけど、決して着こなせてはいない。丈の長い純白のシャツワンピースに同じ白のストローハットという組み合わせは、似合う人が身につけたら大人びた女性の姿を周囲に印象づけられるかもしれない。だけど童顔でやや太り気味の日野さんがすると、正装で入学式に臨む小学生に似た滑稽さをまとってしまう。背伸びしすぎて失敗している。

周囲の学生たちがだらしないと感じるほど、日野さんの歩くスピードは速かった。いつも早歩きなのか、あるいは、昼をともにする仲間たちの元へ一刻も早く向かいたいということなのか。

彼女はサークル棟へ入っていった。一階の食堂でお昼ご飯を買い、お盆を持って二階へ向かった。

二階には、部室を持たないサークルのために長テーブルと椅子がたくさん並んでいる。席はほとんど埋まっていた。窓際のテーブルでお昼ご飯を食べている五人組の一人が日野さんに声をかけ、彼女もそれに応じる。

近くのテーブルに、去年の語学の授業が一緒だった子が座っていた。私に気づき、手を振ってきた。

「えみるちゃん、久しぶり」

「あの、ちょっと訊いていい？　窓際のテーブルにいる人たちって、何のサークルだかわかる？」

日野さんたちが座るあたりを指さして尋ねた。ちょうど、日野さんが鞄を持って席を立った。トイレに行ったのかもしれない。

「ああ、あの人たちね。最近、急に姿を見せるようになったんだ」

「何のサークルなの？」

「よくわかんない。上にある会議室借りてるのは見たことある。運動系ではなさそうだね。そうそう、今日はまだ来てないみたいだけど、びっくりするくらいの美人が一人いるんだ。初めて見たとき、しばらく見とれちゃったもん。他のみんなもその人を慕っている雰囲気があったから、その人が代表なんじゃないかな」

「教えてくれてありがとう」

「あのサークルに気になることでもあるの？」

「ちょっと調査中なんだ」

きょとんとする彼女を残し、私は件《くだん》のテーブルへ向かう。

少し離れた位置から、五人を観察する。彼らはお昼ご飯を食べながら静かに会話していた。どこか冴えない人たちだな、というのが第一印象だった。

トイレの近くまで移動し、廊下の隅でスマートフォンをいじるふりをしながら、日野さんを待つ。偶然を装って声をかけてみようと思ったのだ。

二分ほど経ち、日野さんがトイレから出てきた。私はスマホをしまい、たった今気がついたふりをして「あっ」と声を発した。

「日野さん？　私のこと、覚えてる？　『メリエンダ』っていうお菓子作りのサークルの新歓コンパに来てくれたよね？」

「ええ、まあ……」

顔をそむけてそっけなく答える。早く逃れたい、という本音がはっきりと態度に表れていた。

「どこかサークルには入った？」

日野さんがうなずく。

「そっかあ。私たちのところに入ってもらえなかったのは残念だったけど、自分に合ったサークルを見つけられたならよかったよ。どんなサークルなの？」

尋ねると、日野さんは私をにらんだ。

「それ、何か先輩に関係があるんですか」

「気になったから聞いてみただけ。いけないかな？」

「興味本位で人のこと詮索《せんさく》するのはどうかと思いますけど」

そっけなく答えて、日野さんは去っていった。

仲間の待つテーブルへ向かう日野さんの背中を見つめる。どうして彼女はこんなに私を警戒するのか訝しんでいると、日野さんの弾んだ声が聞こえてきた。

「古津さん！　お待ちしてました！」

ふるづさん？

テーブルの近くへと移動する。さっきまで活気に欠けていたのが嘘のように、今は全員が笑顔で会話を交わしていた。彼らは瞳を輝かせて、テーブルの中央に座る人物を見つめていた。

かつて相談室を訪れた、心理学部修士一年の古津さやかさんだった。

私は古津さんに声をかけずにその場を去った。臆してしまったのだ。日野さんに向けた古津さんの表情が、自然に生まれた笑みではなく、自分の笑顔で相手の心を奪おうという計算の上で作られているように思えて仕方がなかった。以前相談室に来たときの、弟を語るときの心配そうな表情や、先生のアドバイスを聞いた後の柔らかな笑顔と比べると、明らかに不自然だった。

それに何より、古津さんがサークルを作るなんて考えられない。相談室に来たときに、両親からサークルに入ることを禁じられている、と言っていた。どうして今頃になって、家の決まりを破ってサークルを立ち上げたのか。

あの笑みの裏には、何かがある。

そんな気がしてならなかった。

週末は、サークルのみんなで風子の家に集まった。アップルパイを作って、みんなで食べることになっていたのだ。

今日のお菓子作りも、私はほとんど作業に参加させてもらえず、サークルのＩｎｓｔａｇｒａｍに掲載するための写真を撮ってばかりだった。以前、次の機会には私にも作らせてくれるって風子が約束したのに、結局反故《ほご》にされてしまった。せっかく先生に絶賛された料理の腕を発揮できず、私は途中からふてくされて、仕事を後輩に押しつけて一人リビングでテレビを見ていた。

「やれやれ、少し休憩させてもらおう。立ち続けるのは膝に悪いな」

羽村先輩がハンカチで手を拭きながら隣の座布団に腰を下ろした。

「話が違う。次回のお菓子作りはもっと働かせてくれる、って約束したのに」

「拗ねるなよ。働かずに食べてだけいられるなんて最高じゃないか」

羽村先輩が上庭先生みたいなことを言う。

「嫌なの！　私はお菓子作りがしたくてこのサークルに入ったんだから！」

それからしばらく羽村先輩に文句をぶつけ、気分が落ち着いてきたところで訊きたかったことを尋ねた。

「羽村先輩、心理学部だよね。院生の古津さんって人、聞いたことある？」

「そりゃあ、あの人は有名人だからな」

「どんな人かわかる？」

「私はよく知らないが、頭がよくて顔も綺麗だから、憧れている奴は男女問わず何人もいる。つきあいたいと思ってる男は多いようだが、高嶺の花すぎて口説く勇気のある奴は少ないらしい」

「羽村先輩は話したことある？」

「実は私が入ったゼミは、古津さんが院に入るまで所属していたところなんだ。その縁があって、たまにゼミに顔を出して先生と一緒に指導してくれる。でも、来てくれたのは最初の一カ月だけだった。最近は、忙しくて参加する余裕がないらしい」

忙しいのに、サークルを立ち上げる余裕はあるのか。あるいは、サークル活動で忙しいということなのか。

「古津さんが最近サークルを作ったっていう話、知ってる？」

「おお、噂になってるぞ。古津さんと仲よくなるために入りたいと思ってる人がたくさんいる。実際に、入れてくれと頼んで断られた人がいるという話も聞いた」

「どういうサークルか知ってる？」

「学術系の集まりじゃないか。近くを通りかかったら、小難しい単語が飛び交っていたらしいから」

学術系のサークルなんてめったに聞かない。古津さんは院に進学するほどだから勉強熱心なんだろうけど、どうして今さら日野さんのような下級生を集める必要があるのだろう。

「おまたせ、できたよー」

アップルパイを持った真由が現れ、私はいったん古津さんのことを忘れた。私と羽村先輩で食べるための準備をして、作り終えたみんなを迎え入れる。

大きなテーブルを十二人で囲み、食べながらみんなでおしゃべりする。大学の話にアイドルのゴシップ、恋愛話に嫌いな先生の悪口と、話題は多方面に飛び、そのたびに大きな笑い声が上がった。

いつも以上に話に花が咲く。

その理由はわかっていた。

「いやー、それにしても今日は楽しいね」

四年生の先輩がアップルパイを頰張りながら言い、さらに一言付け加える。「誰かさんがいないとね」

その言葉に、何人かが低い笑みを漏らす。

「本当ですよね」

風子がテーブルに頰杖を突いたまま言う。

今日欠席したのは、一人だけ。

なるべく考えないようにしていたことが、話題に上がってしまった。

今日、みんなでお菓子作りをすることをめる子には伝えていない。真由の提案で、作るお菓子は、あえて以前める子が作りたいと言っていたアップルパイを選んだ。

「今頃何してるのかな。男とデート？」

「あり得ないですよ。この間の合コンだって、誰からも相手にされませんでしたから」

風子の報告を聞いて、真由が笑った。

「める子ちゃんもかわいそうだよねー。いつも人一倍この集まりを楽しみにしてるのに」

「決まった時間に部室に来ないあいつが悪い。自業自得だよ」

二人のやりとりを聞いて、四年生の先輩がわざとらしいしかめ面を作った。

「まったく、風子も真由も性格悪いね」

「私たちだけで決めたみたいな言い方しないでくださいよ。全員の総意じゃないですか」

全員の総意。私もその中の一人なのだ。

「いつも楽しみにしているのに参加できなくてかわいそう。しかもあいつの好きなアップルパイだったのにね。月曜になったら、今日の様子をめる子に話してあげないと」

「風子ちゃん、提案！」

真由が手を挙げた。「『メリエンダ』のLINEグループ、める子ちゃん抜きでもう一個作らない？　める子ちゃんに内緒の話をしたければそこでできるじゃない」

「なるほど！　それ名案！」

風子が目を輝かせた。

風子がめる子の悪口を言う。

みんなが笑う。私も、笑う。

小さな恩を感じているはずのめる子を、自分を守るために笑う。高校時代に裏切った友達の顔が頭に浮かぶ。それでも、私はみんなの仲間でいたくて、一緒に笑う。

羽村先輩の笑顔だけが、少しぎこちなかった。

3

休日はあっという間に過ぎ去り、新しい一週間が始まった。

約束どおり、月曜二限の自然科学を、吉井さんと一緒に受けた。私の理解が追いつかないところを尋ねると、吉井さんは丁寧に解説してくれた。

「お昼ご飯一緒に食べない？」

私が提案すると、吉井さんは目を輝かせてうなずいた。

いつもの、社会学部棟近くの学食へ行く。風子たちと食べるときは一階の決まった席を使うのだけど、たまには違う場所にしようと思い、二階に席を取った。

「日野さんと話してみたけど、吉井さんのことは何も聞けなかった。ごめんね」

ご飯を食べながら吉井さんに向けて手を合わせる。

「謝らないでください！　私のために日野さんに声をかけてくれただけで感謝してるんです」

「でもね、日野さんが入ったサークル、ちょっと気になるんだ」

古津さんのことを説明する。

「念のために訊くけど、あなたたち、古津さんと知り合いだった？」

「私は他学部に知り合いなんていません。日野さんも同じだと思ってましたけど……」

日野さんはどんな経緯でサークルに入ったんだろう。羽村先輩から、サークルに入ろうとして断られた学生の話を聞いたから、日野さんから願い出たとは思えない。だけど、日野さんと接点のない古津さんが声をかけることも考えにくい。

「水を入れてきます」

元気のない顔で、空になったコップを持って席を立つ吉井さんの小さな背中を見送る。

水を入れ終えた吉井さんは、なぜかいったん別の方向に歩きだし、途中で慌てて向きを変えて戻ってきた。

「どうしたの？」

「すいません、席を間違えちゃいました。最近は向こうで食べてるんです」

吉井さんはためらいがちに手を伸ばし、さっき向かった方向を指さす。

窓に沿って、カウンター席が八席ほど並んでいた。カウンターの上には、席の間に仕切りがある。

一人用の席だった。去年、一人で食べても恥ずかしくない席がほしい、という要望を受けて作られたと聞いている。

私たちは、お互いが受けている講義の情報交換をしながらご飯を食べた。食べ終えて時計を見ると、三限の開始時刻が迫っていた。

「サークルのことだけど、もう少し、様子見てみるよ。よく行く場所だし」

「ありがとうございます。私も何かできることがないか考えてみます」

吉井さんと別れて三限の講義を受ける。終了後、部室に集まるためサークル棟へ向かう。日野さんたちが集まっているかどうか見ておこうと思い、途中で二階に寄り、先週古津さんたちが集まっていたテーブルを見に行った。

黒縁の眼鏡をかけた長髪の男子学生が、一人だけ座っていた。他のテーブルに座る学生たちが賑やかに雑談をしている中、彼はノートやレジュメを広げ、熱心に読み込んでいる。講義の復習でもしているのだろうか。

彼の顔には見覚えがあった。金曜日、同じ場所に座っていた中の一人だ。

思い切って話しかけてみることにした。

「ちょっといいですか?」

無精髭を浮かべた顔に、戸惑いの色が広がった。

「最近、よくこのテーブルに集まってますよね。古津さんが主催しているサークルなんですか？」

「そうだけど……」

「私、古津さんに憧れていて、どんなサークルなのかすごく気になってるんです」

怪訝そうな彼の様子ががらりと変わった。優越感に満ちた笑みを浮かべると、持っていたペンを置いて私に向き直った。

「サークルなんて軽薄な言葉を使われるのは不本意だね」

彼が鼻で笑う。「ここは、知的交流の場だよ。いろんな学部の学生が集まって、大学の講義や独自に行った研究、あるいは読書を通じて得た知見を交換し合って知力の向上に努めているんだ。僕たちはいつもお互いの知識をメンバーに提供したり、社会問題について議論を交わしたりしている」

何だか、ずいぶん堅苦しい集まりのようだ。

「まあ、いろんな学部といっても偏ってはいるけどね。社会学部と経営学部の学生が二人ずついて、それで半分以上を占めちゃうからね。僕は工学部だ」

「全部で何人なんですか？」

「七人。君も入りたいの？」

「入れてもらえるんですか？」

「それは古津さん次第だよ。あの人のお眼鏡にかなわないと、入会は許されない」

「どうすれば認めてもらえるんでしょう。面接でもするんですか」

「古津さんは、一目見ただけでわかるんだよ。その人の持つ資質が」

「はい？」

「僕は一カ月近く前に、大学の図書館で物理学の本を読んでいたときに声をかけられたんだ。院で研究をしているけれど、自分の専門に閉じこもるんじゃなくて、視野を広げるためにも幅広い知識に触れたい。いろんな学部に所属する見識を持った人たちを集めて知的交流の場を作りたい。だから私の仲間になってくれないか、とね」

嘘くさい話だった。この話自体が嘘なのか、あるいは古津さんが嘘をついて勧誘しているかだ。

「古津さんは、あなたの資質をどのように見抜いたんでしょう？」

「知性は顔に表れるよ。古津さんは一目で僕の力を見抜いてくれたんだ」

鼻息を荒くして自慢げに説明する彼の顔から、少なくとも私には知性らしきものを感じることはできなかった。褒めるとすぐ調子に乗りそうだ、という傾向なら読み取れる。

「他の人たちも古津さんに直接声をかけられたのがきっかけなんですか？」

「そうみたいだね。だから君も、僕たちの仲間になりたいならまずは古津さんに認めてもらわないと」

「今日はいらっしゃらないんですか？」

「さっきまで僕と一緒だったけど、今は四限の講義を受けてる。今日はもうサークル棟には戻ってこないそうだよ。古津さんが今度ここに来るのは明後日だ。毎週水曜日、昼休みに全員でご飯を食べて、三限の講義が終わってから五階の会議室でミーティングを始める予定だ。そのときにでもお願いしてみれば？」

「水曜日ですね。必ずうかがいます」

「認めてもらえるかどうかはわからないけどね。まあ、せいぜい頑張って」

彼に礼を言い、最後に名前を聞いてからテーブルを離れた。勅使河原《てしがわら》というらしい。感じ悪い人だな、と憤慨しながら階段を上って部室へ向かう。ドアを開けたところで、足が止まった。

手前の席で、める子がスマートフォンをいじっていた。

「あれ、める子、この時間に珍しいね？　講義休みだった？」

「うん。休講だった」

うなずくめる子の表情が暗かった。対照的に、背後に座るメンバーはみな楽しそうに会話に花を咲かせている。

「あ、えみる」

風子が私に手を振ってきた。「土曜日はほんとに楽しかったよね！　アップルパイも超美味《うま》かったしさ！」

言いながら、うつむき加減のめる子に一瞬目線を向けるのを、私は見逃さなかった。

すでに始まっていたのか。

「何なんだろうなあ、お菓子作って、食べながらみんなと喋っているだけなのに、今回はいつも以上に楽しかったね。どうしてなんだろうなあ」

真由が「ほんとに？」と叫び、机に身を乗り出した。

「風子ちゃんも？　実は私もなんだよねー。もしかしたら今まででいちばん楽しかったかも」

三年生の先輩も同調する。

「私も！　あの日ほど会をお開きにするのが惜しかったことはなかったなあ。何でだろうね、何かいつもと違うことあったっけかなあ」

私もだよ、私もです、私もなんだよねー。次々と声が上がる。

「えみるはどうだった？」

誰の声かわからなかったけれど、特定する必要はなかった。める子を除く全員が、期待を込めた視線を私に集中させている。

うつむくめる子の姿が視界の端に映った。かつて裏切った友達の顔を思い出した。

同時に、同級生から無視された中学時代の記憶が蘇った。毎晩自分の部屋で涙を流した日々を思い出した。

その瞬間、私は笑っていた。

「私もなんだよねー。ほんと、不思議なくらい楽しかったなあ」

心から血が流れるのを感じた。

少し間が空いて、椅子を引く音がした。める子が部屋を出ていき、ドアの閉まる音が響いた。

誰かが息を漏らした。その直後、空気が割れるような笑い声が上がった。

「空気の読めないあいつも、さすがに今の空気はわかったみたいだね。あいつの顔見た？　気にしないふりしてスマホいじってたけど、顔真っ赤にしてたよ。これでわかってくれたかなあ、自分がみんなに嫌われてること」

風子が言った。

それから私たちは彼女の悪口を言い続けた。私は発言こそしなかったものの、みんなと同じような笑みを顔に貼りつかせ、みんなの仲間であり続けた。私を罵るかつての友達の声が鼓膜を震わせる。私は大きな笑い声を上げて罵倒の声をかき消す。それでも心の声が聞こえてくるときは、こう言い返した。

仕方ないじゃないか。

羽村先輩も言っていた。もし集団で誰かを陥れる機会が訪れたら、身を守るために自分も仲間に加わるって。そして今、先輩は作り笑いを浮かべて私たちの仲間に加わっている。私だけじゃない。私以外にも、のけ者にされないために仮面の笑顔で取り繕っている者がいる。

人間なんてこんなものだ。私と同じ状況に立たされたら、みんな私と同じ行動を取るはずだ。もし私が卑怯だというのなら、世の中の人間全員が卑怯だということになる。

だから、気に病む必要なんて少しもない。懸命に、自分に言い聞かせた。

部室は、いつにもまして賑やかだった。こんなにみんなが楽しそうにしているのは初めてじゃないかとすら思えた。

スケープゴート、という言葉が脳裏に浮かんだ。

ゼミの時間、上庭先生が集団のメカニズムについて説明する中で出てきた言葉だ。集団の結束力を高める簡単な手段は、敵を作ることだそうだ。敵は、集団の外部に作る方法と内部に作る方法がある。外部に敵を作る例として挙げたのが戦争だった。他国への憎悪を煽《あお》り戦争をしようというムードを作ることで、国民は指導者の下で一致団結する。

そして内部に敵を作る例として挙げたのがいじめだった。特定の人間を全員でいじめることで、彼らの仲はより深まっていく。

嫌な話だな、と他人事のように聞いていた。

だけど、先生のあの話は、今の私たちと一緒だ。

ふたたび嫌悪感が込み上げてきて、私はトイレに行くと言って部室から逃げ出した。トイレを済ませた後も部室に戻る気にはなれず、サークル棟を歩き回った。

スマートフォンを操作する吉井さんの姿を見かけたのは、ひとつ上の四階に移動したときのことだった。

「どうしたの、こんなところで？」

吉井さんは一人で廊下の壁にもたれかかっていた。

「松岡さん！　今、連絡しようと思っていたところだったんです。私も日野さんのサークルがどんな様子なのか見たいと思って来てみました。日野さんは見つけられなかったんですけど、古津さんと思われる人の姿なら見かけました」

「ほんとに？」

勅使河原さんは、古津さんはもうサークル棟には戻ってこないと言っていたのに。

「でも吉井さん、古津さんの顔知ってるの？」

「すごく綺麗な女の人と聞いていたので、ぴんときました。こんな顔してませんでしたか？」

吉井さんは鞄からルーズリーフとシャーペンを取り出すと、壁を台にして素早く似顔絵を描いた。古津さんの特徴がよく出た絵だった。

「すごい、吉井さん、絵の才能あるね」

「高校まで美術部だったんです」

吉井さんが照れ笑いを浮かべ、すぐに真剣な顔に戻る。「十分前に、男の人とあのドアから出てきたんです」

吉井さんが指さしたのは、外のテラスへと繋がるドアだった。

「その男の人、髪長かった？」

あの勅使河原という男だろうか。

「古津さんに注目していたのでよく見てなかったんですけど、髪は短かったです」

「私の知ってるサークルの人じゃないね。もしかして彼氏かな」

「それにしては、親密な雰囲気ではなかったです。古津さんの言っていることに戸惑っている様子でした」

「古津さんは何を話してたの？」

「二人の後を追ってみたんですけど、ほとんどわかりませんでした」

吉井さん、意外と大胆だ。

「でも、『合宿』という単語は聞き取れました」

「サークルで合宿でもするのかな」

「それと、古津さんが別れ際に、水曜日のミーティング終了後にまたテラスで会いましょう、って言ってました。七時頃になると思う、と」

その男は何者だろう。サークルのメンバーではなさそうだけど、古津さんがサークルを作った理由を知る人物かもしれない。

水曜日、夜七時。バイトは入っていない。よし。本当は古津さんに直接話しかけるつもりだったけど、その前にやることができた。

「私、二人の会話盗み聞きしてみる」

「えっ？」

「隠れるのにちょうどいい場所があるんだ。よかったら一緒に行く？」

「ごめんなさい。水曜日は講義を入れていないので、大学には来ないんです。それに、夜はバイトなんです」

「だったら、私に任せて」

胸を叩く。吉井さんはためらいながらも「お願いします」と答えて、サークル棟を去っていった。

いよいよ古津さんの企《たくら》みに迫るときが来た。絶対にうまくやってやる。自分でも不思議なくらい、やる気に満ち溢れていた。

テラスの両端に、雨よけを支える太い柱が一本ずつ立っている。柱の陰に隠れれば、席に座っている限り姿が目に入ることはない。そこに身をひそめよう、という作戦だった。

水曜六時半にテラスに向かうと、予想どおり誰もいなかった。夏至が近づいていることもあり、まだ外は明るかった。テラスには丸テーブルが三脚ある。私は自販機でコーラを買い、心の中で清掃員の方に土下座をしながら二脚のテーブルにコーラをこぼして使えなくした。唯一綺麗な状態が保たれたテーブルのすぐ後ろにある柱に身をひそませ、スマートフォンをサイレントモードにする。古津さんたち以外の学生が来ませんように、と念じながら静かなテラスで待ち続けた。

六時五十五分、ドアが開く音がした。濡れたテーブルを見たのだろう、「何だよこれ」という男性のつぶやきが漏れ、それから椅子を引く音が近くで聞こえた。

どんな人なのか覗いてみたかったが、自重して古津さんの到着を待つ。

七時になったとき、ふたたびドアが開く音が聞こえた。

「興味なんてない、なんて言いながら、結局気になってるんだね」

古津さんの声がした。

「勘違いしないでください。しばらく就活で大学来なくなるので、最後に会っておこうと思っただけです。今日もすぐに帰ります。面接の対策やらないといけないですから」

「忙しそうね」

「古津さんほどじゃありません」

男性の声には皮肉がたっぷりと含まれていた。

「忙しいのもあと一週間よ。合宿が来週の金曜日に決まった。さっそくセミナーハウスの予約を入れてきた」

セミナーハウスとは、ゼミやサークルの合宿用に、大学が設けている宿泊所のことだ。私も去年の基礎ゼミで利用したことがある。

「そうですか。よかったですね」

男性の口調はそっけない。

「みんな喜んでた。読書会をするから本を読んできてね、と言ったら、さっそく指定した本を買いに生協へ走っていった。熱意に満ち溢れているな、って感心しちゃった」

感心した、という言葉とは裏腹に、柱の向こうから届く声は冷ややかだった。

「罠にかけられているとも知らずにね」

その一言で、身体が震えた。

「私の手のひらの上で踊らされているとも知らずに、無邪気に私を慕ってくれるなんて、少し彼らがかわいそうになってきた」

「嘘ですよね」

「当たり前でしょう」

古津さんが鼻で笑った。「この程度のことでかわいそうと思うくらいなら、最初からこんな計画立ててないよ」

「古津さんの感情が俺には理解できません。あなたは、やり場のない怒りの矛先をむりやり作り出そうとしているようにしか見えません」

「否定はしない。でも、今さら止めないで。後戻りするつもりはないの」

「好きにしてください。頑張って、とは言いたくないですが、まあ、健闘を祈りますよ」

椅子を引く音が聞こえた。

「もう行くの？」

「はい。そうだ、今日、学食で例の一人席使ってみましたよ。いい眺めでした。外の様子がよくわかります」

彼の声はなぜか震えていた。古津さんも立ち上がり、男性の元へ近寄るのが気配でわかった。

「君は当然のことをしただけ。もう忘れなさい」

「古津さん、俺なんかが就職できていいんですかね」

足音が遠ざかり、ドアが閉まる音がした。

テラスは無人になったけど、私は動けなかった。

罠、とは何だ？　計画、とはいったい？

そして古津さんが抱える「やり場のない怒り」とは何だろう？

わからないことだらけだった。

唯一はっきりしたのは、やはり古津さんはある魂胆があってサークルを立ち上げたこと。合宿で目的を実行に移すこと。

では、私はこれからどうすればいいだろう。

私はしばらくその場に立ちすくんでいた。テラスを後にする頃には、すっかり夜になっていた。

五限目　準拠集団

人が自分自身を関連づけることによって、自己の態度や判断の形成と変容に影響を受ける集団。準拠集団は一般に、家族・友人集団などの身近な所属集団からなることが多い。しかし人が現在所属していない集団、つまり過去に所属したことのある集団、あるいは将来所属したいと思っている集団、つまり非所属集団もまた準拠集団となりうる。

1

相談室は木曜日の午前十時から始まる。時刻ぴったりに、私はドアを開けた。書類の整理をしていた上庭《うえば》先生が、不思議そうに首を傾げていた。

「聞いてほしいことがあるんです」

日野さんが所属するサークル、古津さんのこと、そして昨日盗み聞きした会話。

一週間の出来事を、上庭先生に全部話した。先生は相づちも打たず、コーヒーを飲みながら黙って聞いていた。話し終えると、マグカップをテーブルに置き、真剣な面持ちで私を見た。

「もう、この件に関わるのはやめた方がいい」

「……どうしてですか」

「うかつに足を踏み入れると、君まで危ない目に遭うかもしれない」

「でも、吉井さんのことを考えたら簡単にやめるわけにはいきません。どうして日野さんが吉井さんを避けるようになったのかすらわかってないのに」

「いや、だいたい想像がついた」

「本当ですか？」

「日野さんは、準拠集団に所属することに成功したんじゃないかな」

その言葉、講義で聞いたことがある。

実際に所属するかしないかにかかわらず、自分の思考と行動に影響を与える集団や、自分が理想とする人たちが集まる集団のことを準拠集団と呼ぶらしい。一流の俳優やアイドルになって華やかな舞台で脚光を浴びたい、と夢見る人たちにとっては、芸能界で生きるタレントたちが準拠集団となる。この間話を聞いた古津さんの弟さんにとっては、彼が所属していた不良グループが準拠集団となる。人は準拠集団を模範として、そこでの規範や価値観を取り入れて思考、行動をするようになる。

「日野さんにとって、古津さんが作ったサークルが準拠集団になったということですか？」

「要するに、日野さんは大学デビューがしたかったと思うんだ。高校のときに友達がいなかった日野さんは、進学を機に過去の自分から脱却することに努めた。松岡さんのような垢抜けた子が揃ったサークルに顔を出し、服装にも気を遣って周りからお洒落だと言われそうなファッションを身につけた。だけどうまくいかなかった。君たちのサークルに入ろうとしたのに、過去の自分を知る同級生の目が気になって萎縮してしまった。本人がお洒落だと思って選んだ服も似合っていない。手に入れたのは、自分と似た境遇の冴えない女友達一人だけ。こんなはずじゃなかった、って思っただろう。吉井さんに滑り止めの大学にしか入れなかったことへの愚痴をよく話していたのは、大学に入っても変われなかったことの原因を、自分の性格ではなく環境に責任転嫁していたんだろうね」

「なるほど……」

「思いどおりにいかず悶々とする中で、突然驚くほど綺麗な先輩に、自分の作るサークルに入らないかと誘われた。勅使河原君という人の話から想像すると、古津さんは相手の自尊心をくすぐるような言葉を選んでみんなを勧誘したんじゃないかな。日野さんにも、喜んでついていきたくなるような誘い方をしたんだろうね。日野さんは、古津さんという自分がついていくにふさわしい人と一緒にいられるようになった今、もう吉井さんのような地味な子とつきあう必要はなくなった。僕はこんな風に思ったけど」

「じゃあ、古津さんが日野さんたちを集めて何をしようとしているのか、見当はつきます？」

「知らない。そもそも考える必要がない」

先生はそっけなかった。「君が請け負ったのは、日野さんが急に吉井さんを避けるようになった理由を確かめることだ。僕の考えが当たっているとすれば、もう君の仕事は終わりだ。日野さんが吉井さんと仲良くする気持ちがない以上、友達ではいられないんじゃないのかな」

「日野さんは古津さんに騙されている可能性が高いんですよ。放っておいていいんですか？」

「そんなの、僕たちには関係ない」

「何てこと言うんですか！」

私はソファーの肘掛けを叩いた。「吉井さんや日野さんをこのまま見捨てるなんて、私にはできません」

「君は介入しすぎだよ。相談室の役割はあくまで相談に乗ることだ。僕たちは探偵じゃないんだから」

もっともらしいことを言うけど、ただの方便にしか聞こえなかった。

最初は、私が危険な目に遭わないよう、心配して言ってくれてるんだと思っていた。だけど、先生の表情を見て気づいた。この人は、厄介事に関わるのを嫌がっているだけだ。自分をわきまえるふりをして、本当は自分を守っているに過ぎない。先生には、彼女たちに手をさしのべたいけど自分には何もできない、という葛藤はまるでない。吉井さんや日野さんのことなんて、本当にどうでもいいのかもしれない。

「そんなにその二人が大切なの？」

鬱陶しそうに訊いてくる先生を見ると、急に腹が立ってきた。

「心配するのは当然でしょう。薄情者の先生にはわからないでしょうけど」

怒りに任せて言うと、先生の顔がこわばり、目をむき出しにしてにらんできた。私も負けずににらみ返すと、先生は顔をそらし、床に目を落としたままつぶやいた。

「だったら、もう好きにやりなよ」

突き放すような物言いだった。「何度も言うけど、これ以上の関わりは相談室の役割を完全に超えている。それでも何かしたいというなら、君は吉井さんの友達として、首を突っ込めばいい。僕はもう何を言われてもアドバイスしないけどね」

「どうしてそんなひどい言い方するんですか」

急に、先生を遠くに感じた。

先生の言っていることも理解はできる。古津さんの計画を突き止めて日野さんを救うなんてことまで、危険を冒して請け負う必要は確かにない。

だけど、先生の言葉はあまりにも情がない。

「先生がそんなに冷たい人だとは思いませんでした」

私の声は震えていた。「いくら相談室の仕事じゃないからって、どうして無関心でいられるんですか。何とかしてあげたい、という気持ちが微塵もないのはどうしてなんですか」

先生はそっぽを向いたまま答えない。

「先生、聞いてもいいですか。気になっていたことがあるんです。この部屋で、先生が学生たちの相談に答えるところをずっと見てきました。先生が自分の知識を駆使して相手が置かれた状況を客観的に整理していく様子を、いつも隣で見て感心していました。だけど、先生って、自分の意見は絶対に言わないんですよね。古津さんにも畠山さんにも伴さんにも、学問の用語を使って指摘をするだけで、自分の言葉でアドバイスをすることは一度もなかったんです。相談に乗るってそういうものなのかなって最初は思いました。だけど、先生の場合、それだけじゃないのかもしれない、っていう気がしてきたんですよ」

先生は下を向いたままじっとしていて、ちゃんと聞いているのかどうか、見た目だけではよくわからない。むりやりにでも反応を引き出したくて、私は声を強めた。

「先生、人との関わりを怖がってませんか？」

先生の眉がわずかに動いた。

「自分の言葉で相手に影響を与えることを避けようとして、学問の知識、要するに借り物の言葉だけで学生と向き合っていませんか。先生自身の言葉がひとつもないんです。励ますことすらしてないじゃないですか。だから吉井さんが相談室に来たときも、自分の知識が通用しないからと言って最初から何も手をさしのべようとしなかったんですよ」

「松岡さんさあ、長々と話しているけど、結局何が言いたいの？」

尖った声で言い返すけれど、視線は私を見据えてはいなかった。ふてくされた顔を床に向けたまま、右手で左手の指先をいじっている。

「別に何も。思ったことを言っただけです」

「僕を動揺させて気持ちを変えさせようとしたって無駄だからね」

「安心してください。もう先生には期待してませんから。吉井さんたちのことは、私だけで何とかしてみせます」

私は立ち上がった。

「どこ行くの」

「この件について調べるんですよ。合宿は来週の金曜日です。それまでに古津さんが何を企んでいるのか突き止めないと」

「どうしてそんなに吉井さんたちにこだわるの？　友達に頼まれたのならわかるけど、一週間前にこの部屋で会ったばかりの間柄じゃないか。自分の時間をつぶしてまで解決しようと頑張る理由が、僕にはわからないよ」

私は問いには答えず、「失礼します」と声をかけて部屋を出た。無視しようとしたわけじゃない。質問の答えが、何も出てこなかったのだ。どうして私が先生に反発してまで今回の一件に対して前のめりになっているのか、自分でもわからなかった。

廊下を歩いている間に熱くなった頭が冷えてきて、先生に反抗したことへの後悔が胸を占める。歩きながら振り返り、遠ざかっていく相談室のドアに目を向ける。だけど、今さら引き返して頭を下げる気持ちにはなれなかった。午後のゼミはサボろう。

階段を一段飛ばしで上り、外へ出た。そのままいつも使っている社会学部棟近くの学食へ向かう。

気になることがあった。昨日、古津さんたちの話の中で、相手の男性が「学食で例の一人席使ってみました」と言っていた。この間、お昼ご飯を食べたときに吉井さんに教えてもらった席のことかもしれない。「例の」と言うからには、二人にとってあの場所に何か意味があるはずだ。

いつも昼時は混雑する学食だが、午前中はさすがに利用客も少なく、両手の指で数えられる程度しかいなかった。二階の一人席に向かうと、窓を拭いている女性の姿があった。

私の気配に近づいた店員さんが振り返る。

「あら、こんにちは」

この店員さんは、私がバイトしている喫茶店の常連客だ。風子が畠山さんにぶつかって水をこぼしたとき駆けつけてくれた人だ。

「珍しいね、こんな時間に。忘れ物でもした？」

「いえ、ちょっと用があって。それより、こんな席あったんですね」

「ああ、これね」

店員さんはため息をついた。

「この席を使う学生さん、結構いるのよ。それも、使う子はだいたい決まってるの。みんな、お昼ご飯を一緒に食べる相手くらい見つけられたらいいのに」

店員さんは学生のことを心から心配している様子だった。思わず、学生に無関心な誰かさんと比べたくなってしまう。

「一人きりで、こんな景色眺めながら食べても楽しくないのにね」

窓の外に目をやる。目の前には経営学部棟がそびえ、真下を見ると花壇のある細い道が、通りから垂直に延びている。道なりにずっと進んでいくと、喫煙スペースがあるはずだ。

古津さんと会っていた男性のセリフを思い出す。いい眺めでした、と言っていたけど、どこが？　彼が行った学食は、ここではないのだろうか。他の学食にも一人席ってあるんだっけ？

あれ、待って。この場所って確か……。

「先月、女子学生が血を流して倒れていたのってこのあたりでしたっけ」

「ああ、あの事件ね」

「え、やっぱり事件なんですか？」

店員さんが慌てて口を押さえ、同時に一限の終わりを告げるチャイムが鳴り響いた。

「あ、そうそう。この一人席なんだけど、ここ最近少し利用者が減ってきた気がするの」

ごまかすように、話を変える。「サークルにでも入ったのかしらね。居場所を見つけてくれたのなら嬉しいんだけど」

サークル？

「あの、ちょっと訊いてもいいですか」

スマートフォンを取り出し、目的の画像を探す。サークルの新歓で撮った写真を表示させ、日野さんの顔を拡大させた。

「この席を使う学生の中に、この子っていませんでしたか。もしかしたら、ここ二、三週間の間に来なくなった学生の中の一人かもしれないんですけど」

店員さんがスマホに顔を近づけ、目を凝らして画面を見た。

「ああ、この子ね。いたと思う。あまり頻繁に見たわけじゃないけど、見かけた記憶はある。確かに最近見なくなったわね」

吉井さんは、水曜日は講義がないから大学に来ないと言っていた。ということは、古津さんと出会うまでの日野さんは、水曜日は一人きりで行動していたんじゃないだろうか。

「他に、長髪の男子学生、いませんでしたか。黒縁の眼鏡をかけていて、無精髭も生えていたと思うんですけど」

「ああ、いたいた。ここの常連さんだったのよ。最近は全然来なくなったから、気になってるの。彼、ちゃんと大学来ているの？」

「ええ、来てますよ。サークルに入って、みんなと仲良くやっているみたいです」

店員さんの顔がほころんだ。

店員さんが去っていく足音を聞きながら、窓の外に目をやりつつ頭を巡らせる。

学食の一人席を、日野さんと勅使河原さんが使っていた。他のメンバーも、この席で昼ご飯を食べていたのかもしれない。

月曜日に勅使河原さんに話を聞いたときのことを思い出す。彼は、社会学部と経営学部の学生が合わせて四人いると言っていた。勅使河原さん自身は工学部。経営学部棟は目の前にあり、社会学部棟は学食の向かいにある。工学部棟も近い。当然、この学食をよく使うはずだ。

古津さんは、学食の一人席を使う学生を勧誘していたんじゃないだろうか。

どうしてそんなことをしたのか。

日野さんが一人席を使うのは水曜日。

ゴールデンウィーク明けに、一人席の窓の真下にある小道で女子学生が血を流して倒れているという出来事があった。あの日も水曜日だった。

もし、この出来事が店員さんの言うとおり「事件」だったとすれば。

一人席に座る日野さんたちは事件の瞬間を目撃したのかもしれない。

古津さんが一人席をよく利用する学生たちをサークルに誘ったのは、その後のことだ。

日野さんが吉井さんと関わらないようになったのが五月の終わり頃だから、五月中旬から下旬にかけて、古津さんはサークルを作ろうとして動き回っていたのではないだろうか。

そして、昨日の古津さんたちの会話。あの二人は事件の関係者なんじゃないだろうか。

少しずつ繋がりが見えてきた。

次は何をするべきだろう。事件のことについて、もっと情報が得られたらいいのだけど。

などと考えていると、眼下の風景を、胸板の厚い男性が通り過ぎていくのに気づいた。

幅増《はばます》先生！

そういえば、第一発見者は幅増先生だと風子が言っていた。

私は駆け足で学食を出る。喫煙所へ向かう小道の入口付近に、大きな木がそびえていた。

狭い道の前にこんなものがあれば、奥で暴行事件があっても通行人が気づかないのは無理もない。

小道の先にある屋根のついた喫煙所で、幅増先生と、もう一人目つきの悪いおじさんが、円柱形の灰皿を囲んでいた。

この人誰だっけ、見たことある気がするんだけど。

2

「松岡じゃないか。どうしたんだいったい」

幅増先生の大きく開いた口から、煙草の煙が飛び出してきた。

「どうも、お疲れ様です」

荒い息を整えながら幅増先生にあいさつをする。

「俺に何か用か？ それとも、松岡も俺たちの仲間に入るか」

幅増先生が煙草を挟んだ右手を掲げる。

「幅増先生に訊きたいことがあるんですけど、今いいですか」

「俺に？ もちろん構わないが」

幅増先生は手元に目を落とし、私に気を遣ったのか煙草を灰皿に押しつけた。それから隣のおじさんを盗み見るが、おじさんは悠然と煙草を吸い続けている。喫煙所で煙草を吸っていて何が悪い、と言わんばかりの態度だった。

「いいんですよ、先生も煙草吸って」

「そうか、悪いな。講義の後に吸う煙草ほど美味いものはないんだ」

と言いつつも、新たに煙草を取り出そうとはしなかった。「それで、訊きたいことって何だ？　上庭のことか？　そうだ、最近ゼミはどんな感じなんだ？」

質問をうながしながら即座に尋ね返してくる幅増先生だった。

幅増先生は会うと決まってゼミの様子を尋ねてくる。私がゼミの時間が充実していることを伝えると、幅増先生は自分のことのように喜んでいた。口では悪く言いながらも、上庭先生のことを心配しているのだろう。

「風子から以前聞いたんですけど」

「何をだ？」

幅増先生が首を傾げる。

「先生、そこで起こった事件の第一発見者なんですよね」

背後の小道を指さして訊いた。

数秒、間が空いた。

「事件って何だ？」

幅増先生は騙されなかった。「俺が倒れている学生を最初に見つけたのは間違いない。だけど、あれは事件なんかじゃない。その学生が転んで頭を打っただけだ。変な噂を真に受けないように」

「学食の店員さんから聞いちゃったんです。あれは事件だった、って」

幅増先生の顔がわずかにゆがんだ。

「大学関係者まで変な噂を広めることに荷担しているとはな」

「噂を流したというより、うっかり本当のことを言ってしまった、という感じでした」

「その人が思い込んでいるだけだろう」

「私は本当だと思いました。ふつう、転んだくらいで救急車呼ぶような怪我しないでしょう？」

「そんなことはない。それに、被害者本人が転んだと言っている」

「被害者？」

幅増先生が目を見開き、それから唇を噛んだ。

「被害者、ということは、誰か加害者がいるということですよね」

「今のは言葉の綾だ」

「先生の表情を見ていると、決してただの言い間違いとは思えません」

「君が事件だと言い張るから、傷害事件という構図に置き換えて話をしたんだよ。動揺したのは、言葉遣いを間違えたせいで、君を誤解させたことを悔やんだだけだ」

「本当のことを教えてください」

「だからあれは事件なんかじゃ……」

「もういいだろ、先生」

突然、野太い声が私たちを遮った。

ずっと隣に立っていた目つきの悪いおじさんが、新しい煙草を取り出しながら言った。

「これ以上の言い訳は見苦しくて見ていられねえ。ほんとのことを話してやれ」

思い出した。この人、いつもキャンパスの入口に立っている警備員さんだ。

「しかし先生も案外ちょろいな。こんな簡単に失言してしまうんだからな」

警備員さんが歯茎をむき出しにして笑い、幅増先生が敗北感たっぷりに肩を落とす。

「やっぱり事故じゃなかったんですね？」

警備員さんに尋ねた。

「あれは事故だ」

私はずっこけそうになった。

「何なんですか！　私をもてあそぶのがそんなに楽しいですか！」

拳を振り上げて警備員さんにつかみかかろうとするが、あまりの煙草臭さにすぐさま踵《きびす》を返す。

「何やってんだあんた。変な学生だな」

呆れ果てた様子で私を見る。

「だって、本当のことを話してくれると思ったのに、警備員さんも嘘つくから」

「おお、よく俺が警備員だとわかったな！」

警備員さんが満面の笑みを浮かべる。途端に表情が柔らかくなり、とっつきにくい印象がなくなった。

「決めた。先生が何と言おうが、あんたには俺の知っていることを全部打ち明けよう」

「本当ですか！　じゃあもう一度聞きますけど、あれはやっぱり事件なんですよね」

「あれは事故だ」

「バカにするのもいい加減にして！」

いつの間にか漫才みたいになっている。なぜだ。

「先生はさっき『被害者』って言葉を使ったじゃないですか！」

「だから先生も言っただろ。言葉遣いを間違えたって」

「そんな。段差もないところで、救急車を呼ぶほど派手に転ぶなんて信じられません」

「だよな」

「へ？」

どうしてそこで同意が返ってくるの？

「事件じゃないかと疑っているのは俺たちも一緒だ。俺は煙草を吸いにここに向かう途中で、倒れてる学生を介抱してる幅増先生を見つけた。救急車を待ってる間、俺たちは誰にやられたのかその学生に聞いた。最初は男に殴られたと言ったのに、途中から突然のことでよく覚えていない、って言い直したんだ。さらに、救急車で運ばれた後、また証言を変えたんだとよ」

「何て言ったんですか」

「自分で転んで怪我した、って言ったらしい」

「はあ？」

最初は男に殴られたと訴え、直後に誰だか覚えていないと証言を変え、終《しま》いには一人で転んだと主張した。

「嘘ついてますね、その人」

「あれは一人で転んでできるような傷じゃない。だが、本人がそう主張している以上、どうしようもない。大学が今回の件について何も公表しないのも、事故扱いになったからだ。仮に傷害事件となったら、もっと注意を喚起するよう呼びかけるだろうからな。だから、大学は嘘をついていない。嘘をついてるのは被害者だ」

警備員さんはいらだたしげに灰皿に煙草を叩きつけた。

「さっきの先生の失言、どんな言い回しだったか覚えてるか」

私はうなずく。確かこうだ。

「被害者本人が転んだと言っている」

事情を知った今なら、この言葉を先生がどんな思いで言ったのかがよくわかる。

「どうして嘘をついたんでしょう」

「さあな。俺にはさっぱりわからん」

「犯人の姿は目撃されてないんですか」

すると、警備員さんが顔をしかめた。

「いや、それがなあ……」

「まさか、誰か見たんですか？」

「後から思い出したことなんだけどな……」

「ちょっと待ってください」

喋ろうとする警備員さんを遮って幅増先生が私の前に立った。

「松岡、どうしてこの件にこだわるんだ？」

「だって、ついさっき事件だっていう話を聞いちゃったから」

「ごめんな、先生。俺、仲のいい学食の店員にあの日のこと愚痴ったんだ」

警備員さんが煙草を持っていない方の手で幅増先生に謝罪のポーズを取る。

「ただの興味本位で聞いているのなら感心しないな」

「犯人が知り合いかもしれないんです」

二人が同時に目を見開いた。

「犯人の中に、背が高くて髪の長い、びっくりするくらい綺麗な女子学生がいるんじゃないかと思うんです」

「それだよ！」

警備員さんが私を指さし、その拍子に煙草を落とした。

「松岡の友達なのか」

「知っている人なんです。心理学部の古津さんというんですけど」

「他学部の学生まではさすがに知らないな」

幅増先生が首を振った。「でも、殴ったのは男じゃないのか？　あの学生は、証言を翻す前は男に殴られたと言っていたんだが」

「直接手を出したのは古津さんではないと思うんです。もう一人、男の人がいませんでしたか？」

「ああ、そうだ。俺が見たのは男女二人組だった」

警備員さんの声が興奮で震えている。「昼休みに警備員仲間と学食で飯食ってたんだ。俺がお茶飲みながらぼんやりしてたら、男女二人組が、隣のテーブルの学生をにらみつけてるところが目に入った。にらまれてる学生はそのことに気づいていなかった。異様な雰囲気だと思って見てたら、にらまれていた学生が同じ席の友達に手を振って学食を出ていった。そうしたら、男女二人組も彼女の後を追っていったんだ。それからしばらくして、俺が煙草を吸いにここに向かおうとした途中で、学生を介抱している幅増先生を見かけた、ってわけだ」

間違いない。古津さんともう一人の男子学生が、傷害事件の犯人だ。そしてそのとき、学食の一人席にいた学生たちがその現場を見ていたのかもしれない。その後、古津さんは男子学生の暴行を目撃したと思われる学生を集めてサークルを作った。

事件、古津さん、サークル。三つの繋がりがはっきりしてきた。

「松岡、どうするつもりだ。その古津という学生を問い詰めるんじゃないだろうな」

「正直私もどうすればいいのかわかりません。だけど古津さんは他にも何か企んでいる可能性があるんです。私の知り合いがその被害に遭いそうなので、止めなきゃと思って調べているところなんです」

「松岡、君自身は危険じゃないのか」

「私ですか?」

「女性に重傷を負わせるような連中なんだろう。そんな奴の罪を暴こうとするんだから、君の身も危ないんじゃないか」

「だったら、先生も手伝ってやれよ」

警備員さんが言った。「大学の教員なんだから、協力できることがあるだろう」

慎重な態度を崩さない幅増先生に業を煮やしたのか、警備員さんは一気にまくしたてた。

「あの日以来気分がすっきりしねえんだよ。犯人かもしれない人間を見たっていうのに、どうすることもできなかったんだからな。学生に安心して大学生活を送ってもらうのが俺の仕事だ。キャンパス内で襲われた学生がいて、しかも犯人を捕まえられないなんて悔しいじゃねえか。殴られた学生は、もう一カ月以上経つのに、まだ大学に復帰してないらしい。かわいそうにな」

警備員さんは唇を噛んだ。

「わかりました」

熱意に押されたのか、幅増先生は諦めたように首を縦に振った。

「俺は事件のことと、被害に遭った学生と、古津という学生について、できる範囲で調べてみる」

「お願いします」

頭を下げる。「それじゃあ私、失礼します。いろいろと教えていただいて、ありがとうございました」

「頑張れよ」

警備員さんが快活に言った。

対照的に、幅増先生はすっきりしない顔だった。

「くれぐれも危ない目に遭わないように気をつけろよ。彼らがすでに一度人を傷つけているのだとしたら、君にも同じことをしないとも限らない。絶対に、無理はしないようにな」

「はい。気をつけます」

最後にもう一度礼をして、二人と別れた。小道を歩きながら、これから何をすべきかについて、頭を巡らせた。

3

古津さんに、サークルに加えてほしいと直談判しようと決めた。古津さんの言う「罠」が何なのか突きとめられなくても、合宿に加わってしまえばその場で止められるかもしれない。

だけど、木曜、金曜と、古津さんは学校にいなかった。勅使河原さんに尋ねると、次に大学に来るのは月曜日の昼休みになると言われた。大学院生というのはそんなに大学を休んでもいいものなのか。私も大学院に行こうかな、などと無謀なことを考える。

おとなしく家に帰り、休日を迎えた。土曜日は昼からバイトに出かけたが、日曜日は何の予定もない。久々に、家でゆっくりできる一日となりそうだ。

洗濯と部屋の掃除を済ませてから、ほとんど使うことのない勉強机に向かい、古津さんの件について考えを巡らせた。

この一週間で得た情報をまとめてみる。

古津さんが傷害事件の加害者だった。その後、事件の最中に学食の一人席に座っていた学生たちを集めてサークルを作った。今度の金曜日に合宿を開き、そこでメンバーに何かの罠を仕掛けようとしている。

では、古津さんが一人席の学生を集めた目的は何か。合宿で彼らに何をしようとしているのか。

それが一番の謎だった。

そもそも、学生たちは本当に事件を見たのだろうか。殴られる瞬間を本当に見ていたのなら、誰かしら助けを呼んだり現場に駆けつけたりするはずだ。それに、加害者の一員である古津さんの誘いに乗ってサークルに入るのもおかしい。

他にもわからないことがある。

なぜ被害者は自分で転んだと嘘をつくのか。

なぜ暴行を働いたのか。

私はＬＩＮＥを起動させ、いくつかのグループに、情報を呼びかけるメッセージを送ることにした。古津さんについて、学食裏で怪我を負った学生について、何か知っていることがあれば教えてほしいという内容の文章を送信する。

続けて、吉井さんにメッセージを送り、日野さんが学食裏での一件について何か言っていなかったか尋ねた。返事はすぐに返ってきた。吉井さんはそもそも事件のことを知らず、当然日野さんともその話はしなかったらしい。

他の友達からの返信を待つ。ぽつぽつと着信があり、そのたびに期待してアプリを開くけれど、芳《かんば》しい返事は返ってこない。落胆することにも徐々に疲れてきた。

いったん忘れよう。せっかくの休日なのだから、もっとリラックスして過ごしたい。

テレビをつけて適当なチャンネルに合わせ、床に寝そべってチョコレートを食べながら二時間ほど過ごした。昼ご飯を食べ、野球中継にチャンネルを合わせてひいきのチームを応援して、逆転サヨナラ負けを喫したのでテレビに向かって「ふざけるなこの給料泥棒！」と罵る。近所のスーパーで買い物をして、晩ご飯を作って食べてお風呂に入る。こんなにだらけた休日を過ごすのは久々だった。たまにはこんな一日も悪くない。まるで上庭先生みたいだ。

その連絡が届いたのは、風呂上がりにドライヤーで髪を乾かしていたときだった。文面を見た瞬間、お尻が椅子から浮き上がった。

スマートフォンには、こう表示されていた。

「被害者のゼミの先生が心配して家まで行ったらしい。そのときの話を聞けた。今電話していいか？　幅増」

乾ききっていない髪を放り出し、ドライヤーの代わりにスマホを手に取って電話をかける。

「悪いな、夜遅くに」

「いえ、いいんです。それで、ゼミの先生は被害に遭った子に会えたんですか？」

「いや、家にはいなかった。その代わり、隣に住む男性に話を聞くことができたそうだ。どうやら被害者の女子学生は、実家に帰った可能性が高い」

「一人暮らしなんですね」

「そうだ。二週間前の夜、父親と思われる人がキャリーケースを引きずった彼女と一緒に車で出かけるところを隣人が見た。その後、部屋には戻ってきていない。アパートは壁が薄く、隣に人がいるかいないかはすぐにわかるらしい」

「ただの帰省じゃないですよね」

長期休暇でもないのに二週間も帰省するなんて考えられない。

「そのことなんだけどな」

途端に歯切れが悪くなった。「その隣人に、逆に尋ねられたんだそうだ。隣の住人にいったい何があったのかをな。ちょっとしたアクシデントで怪我をしたから見舞いに来たんだと答えたら、本当にそれだけなのかと訊かれた。隣人が言うにはな」

幅増先生の声がさらに暗くなった。

「ここ一カ月、つまり怪我をして以降のことだろうな、様子がおかしかったそうだ」

「どんな様子だったんですか」

「頬がげっそりと痩せこけていたそうだ。それだけじゃなく、毎日のように独り言が聞こえてきたらしい。私は悪くないとか、私のせいじゃないとか、私が何かをしたわけじゃないのにとか、自分に言い聞かせるように必死でつぶやいているのが聞こえてきた、と彼は言っていた」

私は悪くない、だって？

傷害事件の被害者が発する言葉ではない。

悪くない、と自分に言い聞かせたということは、実際には古津さんたちに対して何か悪いことをしたのだろうか。

「松岡、やっぱり手を引いた方がいいんじゃないか？」

電話の向こうから、私を心配する声が届く。「下手に関わると、君まで危険な目に遭うかもしれない」

「そうかもしれませんね」

先生に反論する力は今の私にはなかった。先生との電話を切ってからも寒気が止まらない。被害者と古津さんたちとの間に、いったい何があったんだろう。どうして被害者は、別人のように痩せこけるまで追い詰められたのだろう。

幅増先生、そして上庭先生の言うとおり、ここらで手を引いた方がいいのだろうか。

その日はもう、スマホをチェックする気になれなかった。だから、その後に届いたメッセージに気づいたのは、翌朝のことだった。

「怪我した女の子って、もしかして手島《てしま》さんのこと？　手島さんなら、私、広告研究会で一緒だったよ」

差出人は、伴さんだった。かつて相談室を訪れた、悩める就活生。

一限後の休憩時間に、キャンパス内のベンチで伴さんと会った。

「えみるちゃん久しぶり！」

先に待ち合わせ場所に着いていた伴さんが、ハイテンションで私を出迎える。相談室で会ったときのやつれ切った姿が嘘のようだった。

時間が限られているので、ベンチに座ってすぐ本題に入る。

「手島さんですけど、広告研究会の同級生、って言ってましたよね」

「うん。性格がきつくて自分の非を絶対に認めないところが難点だったけど、アイディア豊富ですごく優秀な子だった。将来はマスコミで働きたいって言ってた」

「それなのに辞めちゃったんですね」

「え？　手島さん辞めたの？」

「あれ？　違うんですか？」

伴さんからもらったメッセージの文面は「広告研究会で一緒だった」、今も「優秀な子だった」と、どちらも過去形で語っている。傷害事件以降大学に来ていないのだから、サークルも正式に退会したのだと思っていた。

という考えを伝えたところ、伴さんは笑いながら首を振った。

「違う違う。広告研辞めたのは私の方」

「えっ、伴さんがですか？」

「相談室で上庭先生の話を聞いてから、あらためて自分を見つめ直して、先生の言うとおりだ、って気づいたんだ。私は医学部に入れなかったという挫折から目をそらし続けてきて、本当に自分がやりたいことを見失っていたみたい。広告研は四年になってからも活動の負担が大きかったから思い切って辞めた。就活もね、何が何でも大企業、っていう考えだったのが変わってきた。ボランティア団体を運営しているNPOなんていいんじゃないかな、って思って最近いろいろ調べてるところ。一応大企業の内定はひとつもらったんだけど、そこに入るかはまだわかんない。いろいろ調べて、自分が心から納得して働ける場所がないかどうか、時間の許す限り探し続けるつもり」

「じゃあ、もう原因不明の不安に襲われることもなくなりました？」

「おかげさまでね。えみるちゃんと上庭先生にはほんとに感謝してる。上庭先生にもお礼を伝えておいてくれる？」

上庭先生の名前が出た瞬間、先週喧嘩してしまったことが脳裏に蘇った。

「そうですね、わかりました……」

私のぎこちない笑顔に気づいたのだろう、一瞬怪訝そうに眉をひそめたけど、伴さんはすぐに別の話題に切り替えた。

「だけど、このままだと手島さんもサークル辞めるのは時間の問題かもね。あの子、いつまで引きこもってるんだろう。サークルで仲良かった子がアパートまで見舞いに行ったけど、中に入れてくれなかったみたい」

「手島さん、どこに住んでるんですか？」

伴さんは、大学の最寄り駅まで一時間はかかるであろう駅名を言った。

「ずいぶん遠くに家を借りたんですね」

「家賃が破格の安さらしいよ」

「でも通学は大変そう」

「雨の日は電車を使ってたみたいだけど、ふだんはバイクで来てた。しかも中型だよ。だから大学までは遠いけど通学時間は楽しいんだって。女子大生で中型はなかなかいないよね。私もお金さえあれば免許取りたいなあ」

伴さんの大きな瞳が輝きを帯び、それからすぐに目を伏せる。

「それにしても、やっぱり手島さん、誰かに殴られたんだね。一人で転んで救急車で運ばれるなんておかしいと思ってたんだ」

「誰にも言わないでくださいね」

呼び出す際に、伴さんには本当のことを告げていた。

「手島さんが殴られたことについて、何か心当たりはありませんか。トラブルに巻き込まれていたとか、誰かに恨まれていたとか」

「聞いたことはないなあ。私たちも、手島さんが転んだのは嘘なんじゃないかと思っていろいろ噂をしていたんだけど、トラブルとか恨みとか、そんな話はなかった」

二限の開始を告げるチャイムが鳴った。学生たちが目の前を早足で通り過ぎていく。

「私たちも行きましょうか」

講義の時間を奪ってまで引き留めるわけにはいかない。私たちは立ち上がって、それぞれの教室に向かう。

途中で、伴さんが言った。

「えみるちゃんはすごいね、他人のためにこんなに一生懸命になるなんて。あくまで相談室のお手伝いをしているだけだと思っていたけど、まるで探偵みたい。私なんかよりよっぽどアクティブだよ」

どう返そうか迷い、結局曖昧な笑みを浮かべてごまかす。

本当に、自分でも不思議だった。

どうして私、自分のことじゃないのに、こんなにのめり込んでいるんだろう。

昼休みに、いよいよ古津さんを直撃するつもりだった。サークル棟の入口で待ち構えて、合宿にも参加させてもらえるように頼み込む。古津さんが私の頼みを簡単に聞き入れてくれるとは思わないけど、最初から無理だと決めつける必要だってないはずだ。

チャイムが鳴る少し前に立ち上がり、教室を去った。サークル棟の入口で古津さんが来るのを待つ。

七分ほど待って、古津さんが現れた。

「ご無沙汰してます」

私が話しかけ、古津さんが歩みを止めた。香水をつけているのだろう、柑橘系の香りが漂ってくる。

「あなたは！」

古津さんが目を見開き、私の手を取った。「上庭先生の相談室にいらした方ですよね。松岡さん、でしたっけ？」

「覚えていてくれましたか！」

「もちろんです。お久しぶりですね。会えて嬉しい」

古津さんの白い肌が、興奮のせいかわずかに赤くなっている。

「上庭先生はお元気ですか？　もう一度、相談室に行きたいと思っていたんです。あの日のお礼を言いたくて」

「いつでも来てください」

「ありがとう。ぜひ、行かせていただきます」

「待ってますよ。そうだ、せっかくですから今から一緒にお昼ご飯食べませんか？」

自然な流れで誘ってみたのだが、古津さんは首を振った。

「ごめんなさい、もう他の方と食べる約束をしているの。また相談室でお会いしましょう」

古津さんが立ち去ろうとする。

「あの、古津さん！」

焦った私は大声を出す。近くを歩く学生の肩が小さく震えた。

どうしよう、何か言わなきゃ。

とっさに出た言葉は、自分でも呆れるほど単刀直入だった。

「私もサークルに入れてもらえませんか？」

古津さんは目を大きく開き、それから右手を口元に当てて苦笑いを隠した。

「サークルに入れてほしいと願い出てきたのは、あなたで七人目よ」

「そんなにいるんですか……」

「仲間になりたいと申し出てくれるのは嬉しいことです。だけど、全員、お断りさせていただいているの。ごめんなさいね」

「どうしてですか」

「少人数で活動したい、と思ってるんです。あなたとは、個人的な友達としておつきあいできたら嬉しいのだけど」

断られたからといって、あっさり諦めるわけにはいかない。何とか食い下がらなくては。

「今度合宿があるんですよね」

古津さんの眉が上がった。

「どうしてご存じなの」

「勅使河原さんから聞いたんです」

嘘をつく。「勅使河原さんと、日野さんは知り合いなんです。二人がサークルの魅力を語っているのを聞いて、私も仲間になりたいと思ったんです。サークルに入れてもらうのが無理なら、特別に合宿だけでも参加させてもらえませんか？」

「あなただけ参加を認めてしまったら、すでに断りを入れた他の人たちに言い訳ができません。わかっていただけますね？」

考えは変わりそうにない。どうすればいいだろう。急いで思考を巡らせるけれど、いい方法が何も思いつかない。

「それでは、急いでいるので失礼します。期待に応えられなくてごめんなさい」

私が逡巡している間に、古津さんは丁寧に礼をして建物の中へ入っていく。私は呼び止めることもできず、背中で揺れる黒髪を見送った。

入口に立ったまま、途方に暮れる。

どうすればいいんだろう。

4

金曜日の合宿まであと二日だというのに、事態は進展していない。幅増先生からの追加情報もなく、事件の背景や古津さんの計画はいまだに見破れずにいる。日野さんたちを合宿に参加させない方法も考えたが、名案は浮かばなかった。

三限が休講になった。吉井さんが図書室で自習するために大学に来ていたので、現時点でわかったことを伝えるために総合棟のカフェでお茶を飲むことにした。講義の時間帯にもかかわらず、ほとんどのテーブルが埋まり、店内は騒がしかった。

「古津さんを説得して合宿に潜り込まないといけないんだけど、なかなか難しくてね」

「あまり頑張りすぎないでください。私のために一生懸命調べてくれただけで嬉しいんですから」

「じゃあ、日野さんはどうなってもいいの？　古津さんに何をされるかわからないのに」

吉井さんはうつむき、今にも泣きだしそうな様子で肩を震わせた。

「松岡さんにばかり負担をかけるのも申し訳なくて……。私、もう諦めた方がいい気がするんです。日野さんと私は縁が切れた、って思うことにします」

「方法はまだあるよ。賭けみたいなやり方だけど」

「どんな方法ですか」

「私が調べてきたことを、全部古津さんにぶつける。古津さんが合宿で何かを企んでいること、古津さんが傷害事件の犯人だと考えている人がいることも伝える。そうすればきっと状況は変わる。いい方に転がるか悪い方に転がるかはわからないけど、このまま指をくわえて見過ごすよりはいいと思うんだ」

水曜日はミーティングがある日だから、古津さんはサークル棟に来るはずだ。本当は昼休みに突撃するはずだったが、古津さんの姿はなかった。勅使河原さんに訊いたら、電車が人身事故の影響で遅れているらしいので、三限が終わった頃にもう一度サークル棟に向かうことにした。いざとなったら他のメンバーもいる前で、明後日からの合宿には裏があることを明かしてやる。

「松岡先輩ってすごいですね」

吉井さんは下を向き、空になった紙コップをくるくると回し始めた。「日野さんを守るために古津さんに立ち向かっていく勇気、私にはないです。自分が情けないです。日野さんは松岡先輩じゃなくて私の友達なのに……」

とんだ見込み違いだ。どうやらこの子、人を見る目はないみたいだ。本当に勇気のある人だったら、みんなに迎合してめる子をのけ者になんかしない。

「うまくいくことを願っています。私にできることがあったら、何でも言ってください」

吉井さんがカフェを出ていった。私は緊張からか急に用を足したくなったのでトイレに行く。

手を洗ってトイレを出ると、近くのテーブルに座っていた三人組の一人が私を指さしていた。

「あれ、あのときの……!」

「ああっ!」

私も驚いて指をさし返す。私に声をかけた男性は、恋人が二人いるという悩みを相談しに来た、畠山さんだったのだ。

だが、私が驚いたのはそこではない。

「あら、お友達?」

私より一回り年上と思われる女性が、隣に座る畠山さんの肩に手を置く。彫りの深い顔立ちと大粒のネックレスが、優雅な雰囲気を醸し出していた。

この女性が、畠山さんの恋人だという大学院生なのか。最初に四十二歳と聞いたときは耳を疑ったけど、この人なら納得だ。おばさんという言葉はこの人にはそぐわない。大人の女性が持つ妖艶さが、私にも伝わってくる。

だが、私が驚いたのはそこでもない。

問題は、もう一人の女性の方だった。

これから会いに行こうと思っていた人物が、まさか同じ建物にいたなんて。

「また、お会いしましたね」

古津さんが涼しげにほほえんだ。

「どうも」

「急いでなければ、よかったらちょっと座っていかない？　コーヒーおごるからさ」

畠山さんが空いている椅子を指さした。

「いいんですか？」

「相談に乗ってくれたお礼だよ」

「待って」

畠山さんの恋人が財布を持って立ち上がった。「私がごちそうします」

「与田《よだ》さん、僕がおごりたいんだよ。松岡さんにはお世話になったんだ」

「あなたが彼女にお世話になったのなら、それは私が彼女にお世話になったのと同じこと」

それ以上畠山さんの言い分を聞かず、颯爽《さっそう》とレジに向かっていった。

「やれやれ、僕の言うことを全然聞こうとしないんだから」

畠山さんが苦笑いで頭を掻く。「まあ、座ってよ。今与田さんがコーヒーを持ってくるからさ」

「あの人が、畠山さんの……」

椅子に腰掛けながら、語尾を濁して畠山さんに尋ねる。

「僕の、たった一人の恋人だ」

畠山さんが力を込めて言った。「君たちに相談させてもらった後にゆっくり考えて結論を出した。僕は、周囲の人に白眼視《はくがんし》されてまで自分を貫くほどの強さは持っていない。だから二人と同時につきあう道は諦めた。そしてさらに頭がおかしくなるくらい考えて、与田さんを選んだ」

「もう一人の方とは別れたんですね」

うなずく畠山さんの顔に影が差した。

「辛かったよ。もちろん、相手の方が何倍も辛かっただろうけどね」

だけどすぐに笑顔を取り戻した。「自分で考え抜いて決めたことだから後悔はしていない。こんな風に前向きな気持ちになれるのも、上庭先生と松岡さんのおかげだ。勇気を出して相談室を訪れて本当によかった。君たちには感謝してる。上庭先生にもお礼を伝えて

「上庭先生って言わなかった？」

古津さんが、目を見開いていた。

「上庭先生に相談に乗ってもらったの？」

「知ってるんですか？」

「私も行ったことあるの！」

「本当ですか？」

畠山さんが大声を上げた。「そうか、だから古津さん、松岡さんのことをご存じだったんですね」

「ええ。松岡さんと上庭先生には本当にお世話になったから」

「上庭先生ってどなた？」

背後から畠山さんの恋人、与田さんの声がした。振り向くと、コーヒーとチーズケーキがトレイに載っていた。

「上庭先生という社会学部の先生が、そこにいるゼミ生の松岡さんと一緒に学生向けの相談室を担当しているんです。私もすばらしいアドバイスをいただきました」

古津さんが興奮気味に語る。

「へえ、社会学部の先生が、ねえ。私も今度行ってみようかしら」

「与田さんに相談事なんてあるの？　何でも自分で解決できそうだけど」

畠山さんが笑う。

「そうねえ、結婚の相談かしら」

「ええっ！」

畠山さんが恥ずかしそうにうつむき、与田さんは頬杖を突いて愉快そうに恋人の後頭部を見下ろす。

「それでは、私は先に失礼します」

唐突に古津さんが言って、鞄を手に取った。

「あ、あの！」

私は反射的に声を上げる。何とか引き留めようとして、口が勝手に動く。

「あらためてお願いします。私を古津さんのサークルに入れてくれませんか？」

古津さんより先に畠山さんが反応を見せた。

「古津さん、サークルを作ったんですか？」

「ええ、思うところがあって」

古津さんが曖昧な返答をする。それから私を見て、今度はきっぱりとした言葉遣いで答えた。

「先日も言ったとおり、あの集まりは、これ以上人を増やしたくないの。申し訳ないけれど、諦めてもらえないかしら」

「合宿だけの参加もやはりダメですか？」

「そうね。ごめんなさい」

「松岡さんはサークルには入っていないの？」

畠山さんが尋ねてくる。

「いや、入っています」

「メリエンダ」のことを説明する。

「そのサークルを辞めて、古津さんのサークルに入りたいってこと？」

「いや、辞めるつもりは……」

言いかけた口が途中で止まった。頭の中に、める子の涙をこらえる横顔が浮かぶ。

「サークルで嫌なことでもあったの？」

畠山さんが心配そうに私の顔を覗き込んでくる。

「ちょっと最近居心地が悪くて……」

「悩んでることがあったら言ってよ。今度は僕たちが力になるから。ねえ、古津さん」

「ええ、そうね」

古津さんは入口に視線を向けていたけれど、結局浮かしかけた腰を下ろした。

「上庭先生のようなアドバイスはできないけれど、人に話すだけでも楽になれるものよ。松岡さん、どんな嫌なことがあったの？」

「実際には、嫌なことがあったのは私じゃないんですけど……」

めるる子のことを話そうかどうかしばらく逡巡していたが、結局みんなに事の次第を説明することにした。める子に対する行いは決して褒められたものではないので抵抗はあったが、古津さんの言ったとおり、他人に打ち明けて少しでも楽になりたいという気持ちがあった。

「……自分を守るためにその子をのけ者にするのが辛くて、だから最近はあまりサークル行きたくないんです」

ここからとっさに思いついた嘘を混ぜて話を続けていく。

「そんなときに、古津さんたちの活動を見たんです。知的な議論を活発に交わしている様子を見ていると、他人を陥れて楽しんでいる自分たちが恥ずかしく思えてきたんです。私も古津さんたちの仲間になって、自分を変えたいんです」

古津さんは腕を組み、難しい顔つきでじっと何かを考えている様子だった。一分近く経ったところで、不意に組んでいた腕をほどき、私に目を向けた。

「松岡さん、合宿来る？」

「いいんですか！」

大声を上げるのを抑えられなかった。周囲からの視線には気づいていたけど、構ってなんかいられない。

「本当にいいんですか。この間は、私だけ合宿に参加させるのは他の希望者に対して不公平になる、と言ってましたけど」

「あなただけ特別に参加させてあげる。サークルに正式に加わるかどうかはまた後で考えましょう」

「ありがとうございます！　だけどどうして」

「考え直したの。松岡さんにはお世話になったから、そのお礼よ」

古津さんが微笑を浮かべて答える。

「それでは私、今度こそ失礼します。松岡さん、大学のセミナーハウスはご存じ？」

「はい。一度行ったことがあります」

「金曜日の午後二時に現地集合して一泊する予定よ。遅刻しないでね」

古津さんが去っていった。

「よかったね、頼みを聞き入れてもらえて」

畠山さんが言った。

「そうですね」

答えた声は、自分でもうろたえるほど弱々しかった。

どうして古津さんが急に参加を許してくれたのかがわからない。私に恩があるからという理由だったけど、本当だろうか。ほんの数分前まで合宿に参加させてもらおうと必死だったのに、いざそれが叶えられると疑心ばかりが湧き上がってくる。

「それにしても、どうして古津さん、急にサークルなんて立ち上げたんだろう」

畠山さんが腕を組んだ。「つい最近のことなの？」

「そうですね。一カ月ほど前みたいです」

「弟さんのことに関係があるのかなあ」

「どういうことですか？」

「古津さんはね、二カ月前に弟さんを亡くしているんだ」

「ええっ！」

思わず立ち上がりそうになった。

相談に出てきた、あの弟さんが……？　上庭先生からすばらしいアドバイスをもらった、って言ってたくらいだから、関係が改善されたんだとばかり思っていたのに。

「どうして亡くなっちゃったんですか」

「心筋梗塞らしい。駅の近くで倒れたんだって」

畠山さんは大学の最寄り駅の名を口にした。「駅前のロータリーで急に発作を起こしたらしい。救急車で病院に運ばれたけど、結局助からなかったそうだ」

「もともと心臓が悪かったんですか？」

「わからない。怖いよね。意識していないだけで、僕たちは常に死と隣り合わせなんだ」

畠山さんの顔が暗くなった。「弟さんのことは、経済学部の同級生から聞いたんだ。彼は古津さんの弟さんが中学生だった頃に家庭教師をしていてね。僕はその友達を通して古津さんと知り合ったんだ」

弟の家庭教師？

畠山さんの同級生ということは、現在四年生。

もしかしてその人……。

「彼が言うには、古津さん、悲しいというより悔しそうな顔をしていたんだって。あの綺麗な顔を鬼のように真っ赤にして、あと少し早く病院に着いていたら助かったかもしれないのに、としきりにつぶやいていたらしい。話を聞いて、僕まで辛くなったよ。今日久々に姿を見かけたのでお茶に誘ったけど、思っていたより落ち込んでいる様子はなかったから安心した」

突然降りかかった弟の死は、その後の古津さんの行動に影響を与えているのだろうか。

「ねえ、あなた。松岡さん」

ずっと黙っていた与田さんが、たじろぐほど真剣な面持ちで声をかけてきた。

「古津さんの合宿に行くのは、何か切迫した目的があるのね？」

見透かされていることにうろたえながらも、私は素直にうなずく。

与田さんは私の目をじっと見て、ゆっくりと口を開いた。

「くれぐれも、気をつけるのよ」

合宿前日の木曜日。

ゼミへ行くのはひどく緊張した。三限終了後、すぐに向かう気になれなくて、外のベンチで時間をつぶし、二十分遅れで相談室へ向かった。

ドアの前には、「現在相談中につき、入室はご遠慮ください」と書かれていた。私は構わずノブをひねった。

ヘッドフォンをかけた上庭先生がソファーの上に立ち、激しく首を揺らしていた。

「先生、来ましたよ」

私が呼んでも声が届いた様子はない。ヘッドフォンから音が漏れているのが聞こえてきた。

正面から先生を見る。先生はふてくされた顔で床に降り、横向きに座って、足をソファーに載せる。ヘッドフォンは取らず、私に対してそっぽを向き、ぼさぼさの後頭部を私に見せる。

「僕は怒っているんだ」というメッセージがはっきりと伝わってきた。

ゼミの初日、幅増先生が言っていた。うまく指導できなくて、せっかく入ったゼミ生が途中で辞めたらどうしよう、という不安を紛らしたくて音楽に没入していたんだ、と。

そして今日、先週のゼミを休んだ私が、今回も定刻を過ぎても姿を現さなかった。ゼミ生を失ってしまったんじゃないかと不安だったに違いない。

だけど、申し訳ないという気持ちは不思議と湧いてこなかった。

私は今、苦笑いを浮かべたくなるのを必死でこらえている。

いくら怒っているからって、この態度は社会人としておかしくないか。どれだけ子どもなんだろう。こんな人に会うために緊張していたなんて、自分が情けない。

「先生、コーヒー淹れますか？」

返事はない。私は気にせず立ち上がり、マグカップに淹れたコーヒーに砂糖とミルクを十個ずつ投入した。

「どうぞ」

テーブルに置く。先生はしばらくの間無視していたが、漂う香りに耐えられなくなったのか、マグカップを取ってコーヒーをすすった。

「先週はゼミを休んですいませんでした。今日も遅刻してしまい申し訳ありません」

先生の丸まった背中に向けて、私は話しだす。先生は反応を見せないけれど、構わずに話を続けることにした。

「私、古津さんのことをずっと調べ続けていたんです。おかげで、いろいろわかってきました。我ながらよく頑張ったと思います。大学卒業したら探偵になるのもいいかもな、って思ってるくらいです」

吉井さんが相談室を訪れてから今日までの二週間、私が調べてきたことのすべてを先生に話した。学食裏で負傷した学生を襲ったのは、古津さんと彼女の弟の家庭教師である可能性が高いこと。事件を目撃した人たちを集めてサークルを作り、明日からの合宿で彼らに向けて悪意のある企みを用意していること。弟を二カ月前に亡くしていること。私も明日の合宿に参加して、古津さんの企みを阻止すること。

先生はヘッドフォンを外そうとせず、顔も私からそむけたままだった。だけど、いつの間にか、先生のヘッドフォンから音は漏れていなかった。

「合宿に参加できる、って決まった瞬間は嬉しかったです。だけど、すぐ怖くなってきたんですよね。古津さんが合宿で何を企んでいるのか、全然想像がつかないんです。もしかしたらとてつもなく恐ろしいことが起こるかもしれない。正直逃げ出したいくらいなんです。先生の忠告を聞いて素直に手を引けばよかった、って少し後悔しています」

じっとしていた先生の頭が、ぴくりと動く。私の言葉をちゃんと聞いてくれている証拠だ。

「今さら何だ、って思われそうですけど、私、どうしてこんなに頑張ってるんでしょうね。相談室に来るまで存在すら知らなかった他人のために一生懸命調査して、危険な目に遭うかもしれないのに一人で合宿に乗り込むなんて、おかしな話です。決して思いやりに溢れた人間なんかじゃないのに。むしろ、自分を守るためなら人を蹴落とす嫌な奴なのに」

先生の顔がわずかに私に向く。だが、すぐに元の角度に戻り、ふてくされている姿勢を保つ。

「吉井さんのために頑張りたい、という気持ちはもちろんあるんです。今はもう友達ですから。でも、昨日、急に気づいたんです。一番の理由は、自分のエゴだったんですよ。自分が卑怯な人間だということを認めたくない、という後ろ向きの思いが原動力だったんです」

先生がふたたびマグカップをつかみ、コーヒーを口に含んだ。

「私の入ってるサークルで一人、みんなから嫌われている子がいます。最近、全員で結託して、その子を排除しようとしているんです。私はその子に恨みはないのに、みんなから仲間はずれにされるのが怖いから、その子を迫害する行為に私も加わっています。卑怯だとわかっているのにやめられないのがたまらなく嫌なんですよ。自分は決して卑怯者じゃない。だって他人を助けるためにこんなに一生懸命になっている。私はいい奴だ。そうやって自分を納得させるために、先生に刃向かってでも吉井さんの件に関わりたかったのかもしれないですね」

自尊心を守るために奔走していただけだと気がついた瞬間、バイト中だったのに思わず笑いそうになってしまった。こんなに手間をかけてまで自分を納得させようとしてるなんて、どれだけ自分をかわいがりたいんだろう。

「それでも、私は明日行きます。自分のためだけじゃなくて、吉井さんのためでもありますから。彼女が悲しむ結果にならないように、頑張ってみようと思います」

先生は目をそむけたまま、顎に手を当ててじっと何かを考えている様子だった。

「すいません、一方的にまくしたてちゃって。おかげですっきりしました。明日頑張ってくるので、先生も応援していてください」

私が話し終えるのと同じタイミングで、突然先生がヘッドフォンを外した。勢いよく立ち上がり、私に目を向けないまま口を開く。

「冗談じゃない」

「はい？」

「君が卑怯者のわけがない」

呆然とした私を放ったまま、先生はドアを開けて部屋を出ていった。

「あの、先生……？」

もちろん返事はない。ソファーに座って戻ってくるのを待ったが、講義終了のチャイムが鳴っても、先生は戻ってこなかった。

六限目　服従

支配を支える服従の動機は、慣れや情緒的なものから目的合理的な利害関係によるものまでいろいろあるが、いずれの場合にも服従者の行為が、命令自体の価値について自分がどう考えるかにかかわりなく、命令そのもののためになされるところに特徴がある。

1

蒸し暑い一日だった。外にいるだけで、汗が次々と噴き出してくる。

自宅の最寄り駅から二時間ほど電車で揺られた海辺の町に、目指すセミナーハウスはあった。

私が到着したとき、すでに門の前には古津さんを含めて五人が立っていた。

「こんにちは。今日はよろしくね」

古津さんが笑みを浮かべて私を出迎えた。

「やあ、仲間に加えてもらってよかったじゃないか」

勅使河原さんも私に向けて小さく手を上げた。

残りの三人は、小さく頭を下げたものの、表情は硬く、突然の参加者を警戒している様子だった。私は自己紹介をして、三人の名前を尋ねる。タオルを握ってしきりに汗を拭く男性が山田《やまだ》さんで、常にうつむきがちで私と目を合わせようとしない男性が細川《ほそかわ》さん、そして髪を三つ編みにまとめた背の低い女性が岸本《きしもと》さん。遅れてやってきた日野さんは私を見た途端あからさまに顔をしかめた。

最後に西《にし》さんという背の高い男性が到着したところで、全員で建物の中に入った。古津さんが受付で手続きを済ませ、鍵をもらって寝泊まりする部屋へ移動する。

「私、具体的な活動内容を教えてもらってないんですよ。今日、何をするんですか？」

私は隣の勅使河原さんに尋ねた。

「おいおい、嘘だろ。読書会があるのに、本を読んできていないのかい？」

勅使河原さんが肩をすくめた。「どうして古津さんが君なんかを呼んだのか、まったく理解できないよ。君はこの合宿についていけないな。まあ、ゆっくり見学していてよ」

勅使河原さんは優越感たっぷりに説明し、男性陣が泊まる部屋に入っていった。

女性の宿泊部屋は大きな和室だった。

「私たちの他には誰もいないんですね」

岸本さんが言って、畳の上で足を伸ばした。

「学校がある間はこんなものでしょうね。長期休暇になると利用する人が多いけれど」

古津さんが答えながら部屋に荷物を置く。「十分後に、第四会議室に集合ね。男性のみなさんにも伝えてきます」

「わかりました。じゃあ先にトイレ済ませちゃいますね」

古津さんと岸本さんが出て行き、部屋には私と日野さんが残った。

「どういうつもりなんですか」

二人きりになった途端、日野さんが私をにらんだ。「吉井さんの差し金ですか」

「吉井さんは今でも、あなたのことを大切な友達だと思ってるんだよ」

「あんなの友達じゃないです。お互い、他に一緒にいる人がいなかったから仕方なく行動を共にしていただけです」

あんなの、だって？

「吉井さんはあなたとは違って、思いやりのある優しい人だよ」

日野さんは顔を真っ赤にして、私をさらに強くにらんだ。

「一つだけ言わせて。合宿の間、古津さんには気をつけて。あの人、何か悪いことを企んでいるから」

「意味わかんないんですけど。むりやり合宿に参加しようとしたあなたの方がはるかに怪しいです」

「そうかもね。でも、私の言葉、絶対に忘れないで」

日野さんは私と話す気をなくしたのか、スマートフォンをいじり始めた。私も窓の前に立って中庭の花壇に咲く色とりどりの花を眺める。

数分後、部屋を出た二人が戻ってきた。

「行きましょう」

四人で廊下を歩き、階段下の突き当たりにある第四会議室に入った。

広さは高校の教室と同程度で、部屋の中央に長机が「口」の形に並んでいた。男性四人が、折りたたみ式のパイプ椅子に腰掛けて雑談を交わしていた。勅使河原さんが何事かを自慢げに語り、他の三人は辟易《へきえき》した様子で相づちを打っている。すでにエアコンが利いていて、心地よい風が身体を冷やしていく。

「机は使わないので、端に寄せてもらえますか。それから、パイプ椅子を人数分、中央に集めてください」

古津さんが言うと、みんなはすぐ机を壁際へ移動させた。椅子も八脚だけ残して残りを隅にまとめる。

「みなさん、私の正面に座ってください」

先に椅子に腰を下ろしていた古津さんが言った。私たちは言われたとおり、自分の椅子を持って古津さんの正面に移動する。日野さんの隣に座ると、彼女は嫌そうに顔をしかめ、横にずれて私との間に不自然な空間を作った。

「それでは、始めましょうか」

全員を見わたして、古津さんが言った。「以前にも説明したとおり、まずはみなさんに、私の論文作成のための実験を行いたいと思うの。申し訳ないけれど、協力お願いね」

数人が小さくうなずいた。

「学習における懲罰の効果、というテーマで実験を行います。学習を行う際に、間違ったときに罰を与えることで緊張感が生まれ、理解の速度が早まる、という仮説を検証したいんです」

懲罰、という言葉で、私たちの間に動揺が走った。私も、隣に座る岸本さんと顔を見合わせた。彼女の顔には不安の色が浮かんでいる。

「勅使河原さん」

古津さんに名前を呼ばれ、勅使河原さんは怪訝そうに返事をする。

「以前、二人きりで記憶力のテストをやりましたね。覚えていますか？」

「ああ、二人きりでね。もちろん覚えてます」

二人きり、という言葉を強調する勅使河原さんに、数人が妬《ねた》みのこもった視線を向けた。

「これからあなたには、あのときと同じ形式のテストを受けていただきます。前回と違う点は、答えを間違うと罰を受けることです。罰という負荷をかけることによって記憶力がどの程度向上するのかを試す実験をこれから行いたいと思います」

「罰ですか？」

勅使河原さんが眉をひそめる。

「勅使河原さんには大変申し訳ないのですが、答えを間違えた際には、罵声《ばせい》を浴びていただくことになります」

「罵声？　誰からですか？」

「もちろん、ここにいる全員からです」

古津さんが私たちを見た。「あなたたちにとっても大変辛いことをお願いするのですが、勅使河原さんが答えを間違えたとき、全員でいっせいに彼を罵倒してほしいんです。罵倒の言葉は私から指示を出しますので、みなさんはその言葉を三回繰り返してください」

古津さんの要請にすんなりと同意する人はいなかった。みな困惑した様子を隠そうとせず、隣の人と顔を見合わせたり、うつむいたりしている。

「どうしてもやらなければいけませんか？」

日野さんが言った。「何の恨みもない人に面と向かって悪口を言うなんて正直抵抗があります。うまくやれるかどうか……」

「簡単に受け入れられないのは当然だと思います。だけど、安心して。みなさんに悪意があって罵声を浴びせるわけではないのですから、今回の実験がその後の人間関係に影響を与えることはありません。勅使河原さん、大丈夫よね？」

「もちろんですよ。あくまで実験のためなんですから、この場で言われたことを引きずったり恨んだりすることはないと思います」

勅使河原さんが鷹揚にうなずく。

「勅使河原さんにも、他のみなさんにも、少なからず負担をかけることになるのは十分に承知しています。ですが、この実験は、私が論文を執筆する上で非常に重要なものになります。みなさんだけが頼りなんです」

古津さんは頭を下げた。「どうか、協力してください」

「わかりました、やります」

日野さんが言った。他のメンバーも続けて同意の返事をする。

「ありがとう。私が見込んだだけのことはあります」

古津さんがほほえみかけると、みな恍惚《こうこつ》とした様子で彼女を見つめ返した。

「松岡さんも、協力していただけますね？」

古津さんが私の名を呼び、全員の顔がこちらを向いた。

「わかりました」

それ以外の返答を許さないような、厳しい表情に囲まれていた。私の返事に古津さんは悠然とうなずき、他のメンバーたちも顔を前に戻した。身体の表面には、いっせいに浴びせられた鋭い視線の名残がまだまとわりついている。

「勅使河原さん、椅子ごと前に出てきてください。それから、山田さん、あなたは勅使河原さんの背後に控えてください。万が一、勅使河原さんがみなさんの罵倒に耐えられずに逃げるような素振りを見せたら、あなたの力で押さえつけてもらいたいの」

山田さんが巨体を揺らして立ち上がった。

「ちょっと、古津さん。僕を見くびらないでもらえますか？　大切な実験から逃げ出すような弱い奴じゃないですよ」

「ごめんね。私も勅使河原さんは最後まで協力してくれると信じています。だけど、念には念を入れるというのが私の性格なの。私のわがままだと思って受け入れてくれる？」

「まあ、別にいいですけどね。安心しろよ山田、お前の出番はないからな」

不服そうな様子を表情に残しつつ、背後に回った山田さんに声をかけた。

「後ろの列にいる方は前に出てきていただけますか。勅使河原さんを前方から囲うようにして座ってください」

私たちは言われたとおりにした。

「みなさん、所定の位置につきましたね。実験を始めましょう」

両手にぐっと力を込め、気を引き締める。この実験の中に、古津さんが仕掛けた罠がひそんでいるかもしれない。

「実験の手順について説明します。まずは、一つ例題を出してみましょう」

古津さんはトートバッグからノートを取り出し、単語を読み上げた。

「太った　首」「明るい　風呂」「丸い　男」「暗い　女」「軽い　氷」

「それでは問題です。太った——山、魚、首、太陽。『太った』に対応する言葉はどれですか？」

少し間が空き、勅使河原さんの口が開いた。

「首、ですね」

「正解です。みなさん、やり方がわかりましたか？　まず、対になった言葉を五組読み上げます。その後、五組のうちの一組を選び、最初の言葉を読み上げますので、勅使河原さんは私が提示する選択肢の中から、セットになっていたもう一つの単語を当ててください。制限時間は五秒。時間内に答えられなかったら不正解とします。よろしいですね？」

私たちはうなずく。

「正解した場合は次の問題に移ります。間違えた場合には、みなさんは私が指示した言葉をいっせいに勅使河原さんへ向けて言っていただきます。その言葉は、このスケッチブックに書かれています」

古津さんがトートバッグからスケッチブックを取り出した。「私がページを開いて用意した言葉を見せますので、みなさんは三回、大きな声で繰り返してください。山田さんもですよ、いいですね」

勅使河原さんの後ろに回っていた山田さんがゆっくりとうなずいた。

「問題は全部で百問あります。正答数を記録しておきますので、終了後に以前テストした際の成績と比較して、正答数が増えているかどうかを確認します。それでは、準備はよろしいですね？」

実験が始まった。

「一問目です。『教科書　退屈』『若さ　青』『りんご　丸』『記録　鉛筆』『土下座　床』。りんご――赤、果実、固い、丸。どれ？」

勅使河原さんが長い髪の先を引っぱりながら考える。

「丸」

「正解。では二問目。『魚　川』『醬油　小松菜』『剣道　礼』『仏教　歴史』『茶碗　陶器』。魚――海、包丁、刺身、川。どれ？」

「ええと……川」

「正解。三問目いきます」

その後も問題は続き、勅使河原さんは正答を続けた。

私たちの出番は二十八問目にやってきた。

「切ない——恋、愛、心、死」

「あれ、なんだっけ……心？」

「違います」

古津さんが傍らのスケッチブックを開く。「ではみなさん、お願いします」

マジックで「しっかりしろ」と大きく書かれていた。

「しっかりしろ、しっかりしろ、しっかりしろ」

言った後、失笑が周囲から漏れた。

「何だか、変な宗教みたいだな」

勅使河原さんも苦笑を噛み殺している。全員で同じ言葉を繰り返すのは、どこか滑稽だった。

「はい。間違えたときは、その調子でお願いします。それでは二十九問目」

その後も問題は続く。最初はほとんど誤答のなかった勅使河原さんも、問題が続くうちに集中力が落ちてきたのか、間違えるペースが上がってきた。私たちはそのたびに古津さんが提示する言葉を勅使河原さんにぶつける。

罵倒する言葉は「馬鹿」「間抜け」「能なし」「クズ」と、少しずつ汚いものに変わっていった。勅使河原さんも、最初の頃にあったはずの余裕が失われ、頬が徐々にこわばっていく。

それでも、私たちが命じられた言葉は子どもの悪口と大差のないものばかりだ。勅使河原さんにとって、この実験でのやりとりが後々まで尾を引くことになるとは思えない。古津さんの罠というのはこの程度のものなのか。それともこの後に何かが仕込まれているのだろうか。あるいはこの実験は古津さんが本当に自分の研究のために行っているもので、罠はこの後に行うディベートや読書会に仕掛けられているのかもしれない。

七十七問目のことだった。

「コイン――会計、預金、円形、お釣り」

「……預金?」

「違います」

古津さんがスケッチブックを開く。単語を見て、私たちは一瞬、首を傾げた。

「どういう意味?」

聞いたことのない単語がそこにはあった。

首を傾げる私たちに、古津さんは「大きな声で言ってください」と告げる。

お互い顔を見合わせ、だけどすぐに勅使河原さんを見て言った。

「テイカカズラ、テイカカズラ、テイカカズラ」

勅使河原さんの表情が変わった。顔が赤くなり、唇を震わせて古津さんを見る。

「ど、どうして知ってるんだ……」

動揺する勅使河原さんを澄ました顔でやりすごし、古津さんは次の問題を出題する。

「さくらんぼ――りんご、バナナ、梨、キウイ」

「……キウイ」

「違います」

古津さんがスケッチブックを開く。今度は文章が書かれていた。

「お前浮いてんだよ、お前浮いてんだよ、お前浮いてんだよ」

「ちょっと待て、これはどういうことだ！」

立ち上がりかけた勅使河原さんを見て、背後に控えていた山田さんが慌てて腕をつかんだ。

「古津さん、まさか昔の俺を知ってるのか？」

「次、七十九問目、行きます」

「おい、答えろよ！」

逆上する勅使河原さんを無視して、古津さんは淡々と問題を読み上げる。

「遅い――歩く、起床、スポーツ、道路」

「なあ、待ってくれ。やめてくれよ古津さん。おい、聞いてるのかよ！」

「制限時間切れにより、不正解とします。それでは、みなさんお願いします」

古津さんがスケッチブックを開く。勅使河原さんはスケッチブックを覗き込み、そこにあった「性犯罪者」という言葉でついに悲鳴を上げた。

「やめろ！　もうやめてくれ！」

「山田さん！」

古津さんが鋭く叫び、山田さんが暴れだす勅使河原さんを渾身の力で押さえ込んだ。勅使河原さんは山田さんから逃れようとするが、大柄な山田さんの拘束を解くことはできそうにない。

「さあ、みなさん、お願いします」

古津さんがスケッチブックを掲げ、私たちをうながす。

言葉を発する者は誰もいなかった。

さすがに私たちも気がついていた。今までの、中身のない罵倒とは明らかに質が違う。勅使河原さんの過去の出来事に基づいて用意されたもので、彼にとって隠蔽しておきたい汚点を指摘する、もしくはトラウマになっている言葉なのだ。

これが、古津さんが仕掛けた罠なのか。勅使河原さんの過去を暴き、追い詰めるのが目的なのだろうか。

「みなさん、どうしました？　今までどおり、三回繰り返してください」

「あの、古津さん。勅使河原さんの様子が明らかにおかしいんですけど」

細川さんがおそるおそる古津さんに尋ねる。

「そのようですね、想像以上に取り乱しています。ですが実験をやめるわけにはいきません。続けてください」

「これ以上追い詰めると、勅使河原さん、頭がおかしくなっちゃいそうじゃないですか？　もうやめてあげましょうよ」

「そういうわけにはいきません。続けないと、実験が成り立ちませんから」

困惑を隠せない私たちに対して、古津さんはあくまでも冷静だった。

今度は日野さんが口を開く。

「私ももう言いたくないです。勅使河原さんがかわいそうじゃないですか」

「実験を続けてください。お願いします」

古津さんは揺らがない。

「勅使河原さんに恨みでもあるんですか？」

私は身を乗り出して古津さんを問い詰める。「テイカ……何とかって言われてからの勅使河原さんの反応、明らかにおかしいです。古津さん、勅使河原さんの過去を調べてませんか？　本当は実験なんてどうでもよくて、単に勅使河原さんを傷つけたくてやってるだけなんじゃないですか？」

「実験のためです」

私の抗議を、古津さんはたった一言ではねつけた。そして真剣な表情で全員を見わたして、諭すように告げる。

「私がどうしてこんなことをしているのか、終わったらすべて説明します。勅使河原さんへのフォローもきちんと行います。ですから、実験はこのまま続けていただきます。みなさん、どうか私を信じて、この言葉を彼に言ってください」

「でも……」

「実験を続けてください」

「古津さん……」

「お願いします」

古津さんがスケッチブックを私たちに突き出した。次の瞬間、大声が響いた。

「性犯罪者！」

日野さんの顔にもはやためらいの様子はなかった。

「性犯罪者！　性犯罪者！　性犯罪者！」

今まで以上に声を張り上げ、日野さんは罵倒の言葉を三度繰り返す。

「性犯罪者！」

日野さんに感化されて、岸本さんも自分を覆う殻を破るように強い声を出した。

「性犯罪者！」

ずっと下を向いていた細川さんも、毅然とした表情で前を向いた。

「性犯罪者！」

西さんも吹っ切れたような顔で、両手を口元に当てた。

「性犯罪者！」

最後に、山田さんも勅使河原さんの耳元で、低い声で叫んだ。

「ねえ、もうやめましょうよ！」

私の声は、五人には届かない。

「性犯罪者！　性犯罪者！　性犯罪者！」

統率の取れた合唱団のように、五人の声はぴったりと重なり、勅使河原さんを罵倒する。

「お前らやめろ！　やめろって言ってんのが聞こえねえのか！」

五人の声をかき消そうとするかのように、勅使河原さんが大声を上げ、耳をふさぐ。真っ赤になった頬の上を、涙が通過して床に落ちていく。

「松岡さん、あなたも言ってください」

古津さんの視線が私を貫いた。

「もういいじゃないですか……」

口が乾き、舌がうまく回らない。

「いいえ。実験のルールを途中で変えるわけにはいきません。言ってください」

「そうよ、言いなさいよ」

日野さんが至近距離からにらみつけてきた。「部外者のくせにむりやり合宿に参加して、その上私たちの大事な実験の邪魔をするなんて許せない」

日野さんに続いて他のメンバーも私を責める。

「そうだよ。僕たちだって辛いんだ」

「早くしてください」

「自分だけ逃げるのは卑怯じゃないか」

卑怯……？　今の私は卑怯なのか？　勅使河原さんを不必要に傷つけたくないと思っているだけなのに。私が間違っているのか？

「さあ、言ってください」

古津さんが厳しい表情で私を見つめる。

気持ちがぐらつく音が聞こえた気がした。

言ってしまおう。

性犯罪者。その言葉が喉元まで迫ってくる。

言葉が声に変わる直前、ひらめいた。

古津さんが仕掛けた本当の罠は、これなんじゃないのか？　罠は勅使河原さんにではなく、私たちに仕掛けられているのでは？

私がそのことに気づいたのとほとんど同時に、ドアが勢いよく開く音がした。

全員、驚いてドアを凝視する。

「もうやめるんだ」

2

黒い長袖のトレーナーに、同じく黒のジーンズ。六月も下旬だというのに、何て暑苦しい服装なんだろう。

毎日同じ服装なのをずっとバカにしていた。だけど悔しいことに、見慣れた服装が目に入った瞬間、胸の中は安堵感でいっぱいになっていた。

「先生！」

嬉しくなって立ち上がる。上庭《うえば》先生が来てくれるなんて思ってもいなかった。

「上庭先生……？　どうして？」

古津さんも立ち上がった。「いったい何の用でしょうか。今実験中なのですが」

「君の復讐を止めに来たんだ」

古津さんが目を見開いた。

「復讐ってどういうことですか」

先生の隣へ駆け寄る。本当はそのまま抱きついてしまいたかった。

「この実験には前例がある」

サークルのメンバーが、困惑の視線を古津さんに向ける。唯一、拘束から解放された勅使河原さんだけは、椅子に座り込んだまま動く様子がない。

「通称、アイヒマン実験という」

「アイヒマン？」

「人の名前だよ。ヒトラーがドイツを支配していた頃の官僚だ。この人物は、ユダヤ人を絶滅させようというヒトラーの計画を実行するのに重要な任務を果たしていて、戦後死刑判決が下されている」

「とんでもない極悪人なんですね」

「違う」

先生が首を振った。「彼は単に、職務に忠実だっただけだ。上司がユダヤ人を殺せと言ったから、そのとおりにした。自分に与えられた仕事をこなすという組織人として当たり前のことをしたまでだ。たまたま命じられた仕事の内容が非人道的だっただけで、仮に人の命を救いなさいと指示されていたら、やはり忠実に実行していたんじゃないかな」

「たとえ命令だとしても、それが悪いことだとしたら普通は抵抗するんじゃないですか」

「いや、違う。権威を持った者に命じられれば、僕たちは案外簡単に従ってしまうんだ」

先生がメンバーを見わたして言った。「今の君たちみたいにね」

彼らが揃って目を伏せる。私も、胸に大きな石が落ちたような重みを感じた。

「実験の内容はこうだ。実験者は、学習における懲罰の効果を調べる、という名目で参加者を集めて実験を行った。参加者はペアを作り、それぞれ教師役と生徒役に別れて違う部屋に入る。お互い、相手の声は聞こえるが姿が見えないようになっている。生徒役は、手首に電極を装着され、さらにベルトで身体を固定されて椅子から動けなくなる。教師役は、生徒役に記憶力を試す問題を出題し、間違えたときには手元のボタンを押して電気ショックを与える。そして、生徒役が問題を間違えるたびに、電気ショックの強度を一段階ずつ上げていく。電気ショックは十五ボルトから始まり、人命に影響しかねない四百五十ボルトまで三十段階用意されていた」

「今の実験とそっくりじゃないですか」

山田さんが声を震わせた。

「教師役が誤答時の電圧を上げるたびに、生徒役の叫び声が激しくなる。電圧が三百ボルトを超すと『やめてくれ！』と実験をストップするよう要求し、それを超えると声を発しなくなった。教師役からすれば、生徒役の姿が見えないわけだから、あまりのショックで意識を失ったと感じるだろうね。だけど実験者は、生徒役が答えない場合も不正解とみなし、電流を流すように指示を出した。ここで重要なのが、生徒役の人間は全員サクラなんだ。彼らは実験者が用意した役者で、教師役がボタンを押すタイミングで苦しむ演技をした。電流は実際には流れない。つまり、これは学習における懲罰の効果を測るための実験じゃない。本当の目的は、生徒役が悲鳴を上げたときに教師役の人間がどう振る舞うかを観察することだったんだ」

今の実験に置き換えると、古津さんは勅使河原さんより、彼を取り囲んでいた私たちを注視していた、ということになる。

じゃあ、勅使河原さんはサクラ？　とても演技には見えなかったけれど。現に今だってうずくまって頭を抱えている。

「生徒役が悲鳴を上げると、教師役の人間は当然ボタンを押すのをためらった。同じ部屋にいる実験者に対し、実験を中止した方がいいんじゃないかと何度も申し出た。実験者はその要求をはねつけ、実験を続けるよう繰り返しうながした。その際に教師役がボタンを押すのか押さないのかが、この実験の最大のポイントだった。つまり、人は権威を持った相手からの命令に対して、それが間違ったことであっても従ってしまうのか。それとも権威に逆らってでも正しい行動を起こすことができるのか。良心と、権威の、どちらを優先するのか」

結果は聞かなくてもだいたいわかった。

「結果は、実験者の予測をはるかに超えるものだった。生徒役が気絶する演技をしていたにもかかわらず、教師役四十人中、半数以上の二十六人が最大の四百五十ボルトまで電流を流し続けた。教師役は実験を中止しようと何度も訴えるものの、結局最後にはボタンを押してしまった。権威への服従と善意が戦い、最終的には善意が敗れたことになる。というより、善悪の判断を権威に委ねたんだ。権威ある人が実験を続けるべきだと主張するのだから、自分はこれ以上余計なことを考えなくていい、と最後には考えた。ちょうど、君たちが一度は実験を中止するべきかどうか迷いながらも、最後には古津さんの指示に従ったように」

「そんな……」

「私たち、試されていたの……？」

「性犯罪者」と叫んだ人たちが、愕然とした様子で座り込んでいた。

「古津さんはどうしてこんなことをしたんでしょうか」

古津さんの様子をうかがうと、彼女はサークルのメンバーたちに冷たい視線を向けていた。

「事情をすべて把握できたわけじゃない。だけど、おそらく原因は、弟さんが亡くなったことにあるんだろう」

「そうなんですか。ていうか、先生どうやって調べたんですか？」

「僕はほら、身近に偉い人が……」

理事長のことか。

「古津さんの弟は、彼女の忘れ物を届けるために大学へ向かう途中、駅前で突然倒れ、病院で治療を受けたが命は助からなかった。救急車で運ばれるのがあと少し早かったら、結果は違っていたと医者に言われたそうだ。救急車が到着した時点で、倒れてから相当時間が経っていたらしい」

「渋滞にでも巻き込まれたんですか？」

「そうじゃない。彼を助けようとする人がなかなか現れなかったんだ」

「どうしてですか？　駅前なんだから、通行人がたくさんいたはずなのに」

「だろうね。だけど実際には、彼らのほとんどが倒れ込んだ彼を素通りしていった」

「どうして……。人が道ばたで倒れ込んでいたら心配して声をかけますよね？　特に人通りが多かったのなら、一人くらい声をかける人はいるはずなのに」

「逆なんだよ。人通りが多かったからこそ、誰も声をかけなかったんだ」

「意味がわかりません」

「傍観者効果、って、聞いたことあるかな」

私は首を横に振る。

「ある女性が、自分の住むアパートの前で暴漢に刺殺された。襲われてから実際に刺し殺されるまでに三十分かかっていて、アパートの住人のうち三十人以上が騒ぎに気づいていた。中には窓から事件を直接目撃した人もいた。だけど、助けに駆けつけたり警察を呼んだりする人は誰もいなかった。結果、彼女は命を落とすことになってしまった」

「みんな見捨てたんですか？　どうして？」

「自分の他にも事件に気づいた人はたくさんいるんだから、他の誰かがきっと何とかしてくれる、そう全員が思ったからだよ。もし目撃者が自分一人だったら女性を救うために行動しただろう。だけど、他にも目撃した人が大勢いたから、自分が助ける必要はない、と考えてしまったんだ。この事件をきっかけにさまざまな研究が進み、傍観者効果という言葉が生まれた。目撃者が少なければ、一人一人が責任感を持って行動するが、多くなるにつれて関わりを避けようとする傾向が生まれる」

「古津さんの弟さんを助けようとする人がなかなか現れなかったのも、傍観者効果が原因だということですか」

「ましてその日は雨だったから、わざわざ足を止めて介抱しようという気持ちにはなりづらかったのかもしれない。だけど、彼の遺族にとってそんな事情は関係ない。無視して通り過ぎた通行人たちによって彼は殺されたと考えたとしても不思議ではない」

先生が、口を挟まずに話を聞いている古津さんに視線を向けた。

「ところで、先月、喫煙所に続く道の途中で、ある女子学生が血を流して倒れているのが発見された。本人は転んだと主張しているけど、それは嘘だ。彼女はある男性に殴られて、倒れた際に花壇の角に頭をぶつけて重傷を負ったんだ。その現場に君はいた。君と男子学生が、被害に遭った女子学生を追いかける姿を警備員が見ているんだ。君たちは学食で、その女子学生が友達と話しているのを聞いていたそうだけど、その会話というのが、彼女が君の弟に手をさしのべなかった一人だと判断できるような内容だったんじゃないかな。君たちは急いで学生を追いかけ、学食裏の小道で問い詰めて、最後には暴行を働いた。おそらく殴ったのは連れの男性だろう。そしてそのとき、君は学食の二階にある窓から暴行の瞬間を目撃されていることに気がついた」

先生が一瞥すると、日野さんたちは決まり悪そうにうつむいた。

「君たちがその後一緒にサークルを作ったことを考えると、君は少し離れた位置にいて、彼らからは目撃されていなかったんだろう。だけど、連れの男性が女子学生を殴る姿が見られてしまったのはおそらく間違いない。君は焦っただろうね。目撃者が騒ぎだして現場に誰かが駆けつけたら、最悪の場合男性は傷害罪で逮捕される。だけどそうはならなかった。目撃者はみな、事件を黙殺して食事を続けた。傍観者効果だよ。他にも目撃した人がいるのだから、自分が動かなくてもいいだろう、全員がそう考えたんだ」

彼らは一人席の常連客だ。多くの学生で賑わうお昼時の学食で、襲われている人がいると大声で叫ぶのには心理的な抵抗が大きかったのかもしれない。

「結果、君たちの行いは誰にも知られることはなかった。君は安堵したのか。違う。君の胸の内では激しい憎悪が渦を巻いていたはずだ。事件を目撃していた学生たちの取った行動は、弟を見捨てた人たちとまったく同じだったからだ」

古津さんは暗い光をたたえた瞳を先生に向けた。

「弟を助けなかった人たちと、暴行の瞬間を黙殺した人たちを君は同一視したんだろう。つまり君はこう思った。その学生だけじゃない。あのとき窓の向こうにいた人たちが、弟を殺したんだ、と」

事件の被害者であるはずの手島さんが、毎日部屋の中で自分に言い聞かせるようにつぶやいていたという言葉を思い出す。

私は悪くない。私のせいじゃない。私が何かをしたわけじゃないのに。

何もしなかったから古津さんの弟は亡くなったという事実に向き合いたくなくて、手島さんは必死に自分は悪くないと言い聞かせていたのか。転んだと嘘をついたのは、犯人に動機を明かされ、自分が人を見殺しにしたと知られるのが怖かったからなのだろうか。

「君は復讐のために、僕みたいな怠け者からしたらおそろしく面倒な手段を選んだ。目撃者一人一人に声をかけて、自分が作るサークルに勧誘した。全員、喜んで参加した。君に誘われて断る人はそうそういないだろう。まして、彼らは大学での居場所を見つけられずに苦労していた人たちだから、確実についてきてくれるという自信が君にはあったんだろう。一方で、アイヒマン実験を参考にした実験で彼らを陥れることを考え、その準備を進めてきた。合宿を企画し、アイヒマン実験における生徒役の選定を進めた。罵倒が一番応えそうな相手を選ぶために、彼らの過去を調べた」

「どうやってそんなことができるんですか？」

「僕にはわからない。探偵でも雇ったのかもしれない」

「そこまでしますか？　お金だってかかりますよ？」

「それだけ彼女の怒りは大きかったということなんだろう」

同性が見とれるほどの美貌の裏に、どれだけの激しい感情が隠されているのだろう。

「調査の結果、彼女は格好の標的を見つけた」

椅子の上でうなだれたまま、頭をかきむしる勅使河原さんに先生が目を落とす。

「彼にどんな過去があったのか、安易な想像は控えよう。とにかく、古津さんは彼を利用して実験を開始した。電流の代わりに罵声を浴びせ、本家の実験と同様、徐々に懲罰の負荷を上げていった。罵倒の言葉が彼の過去に直接関わるものに変わり、彼が常軌を逸した錯乱ぶりを見せ、古津さんがそれでも実験を続けるよう命じたときに、他のメンバーがどんな行動を取るかを試した」

結果、みんなは古津さんの権威に従い、勅使河原さんをさらに追い詰めた。私ももう少しで荷担するところだった。

「ここから先は、ぜひ古津さん本人の口から聞きたい。いったい何のためにこんな回りくどいやり方を選んだのか。この実験を行うことがどうして君の復讐に繋がるのか。みんなに説明してくれないか」

先生が鋭い視線を古津さんに向け、私たちも彼女を凝視する。いつの間にか、全員が立ち上がっていた。

3

古津さんが小さく息を吐いた。そして全員を見わたし、急に笑みを浮かべた。

「勅使河原さんって、高校時代、自分が好きだった女の子を犯そうとしたんですって。ご存じでした？」

「古津さん、お願いだから言わないで……」

勅使河原さんが涙を流して懇願する。

「自分が女性からよく思われていると勘違いしてたらしくて、学年で一番人気のある女子生徒を口説いた。だけどまったく相手にしてもらえなくて、逆上した勅使河原さんはその子を殴ってむりやり服を脱がせた。当然事件になって、勅使河原さんは停学処分を受けた。学校に戻ってきた勅使河原さんは、同級生から軽蔑の目を向けられるようになった。もともと、勅使河原さんはみんなから嫌われていたの。本人はずっと、自分がクラスの中心にいると思い込んでいたみたいだけどね。『お前、昔から浮いてるんだよ』って同級生に面と向かって言われて以来、勅使河原さんは人が変わったように教室の隅でじっと黙り込むようになった。それを見た観葉植物に詳しい人が『勅使河原』に似た語感の『テイカカズラ』という名前で呼んだのがきっかけで、そのあだ名が定着したんですって。このエピソードは使えるな、と思い、勅使河原さんをテストの回答者に指名したの。ご協力ありがとう。心から感謝しています」

言葉とは裏腹の冷徹な表情を、すべてを暴露されて泣き崩れる勅使河原さんに向ける。

「そんな話聞いていません」

西さんが言った。「どうして僕たちにこんなひどいことをさせたんですか。ちゃんと説明してください」

「被害者ぶるのはやめてもらえる？」

相手を凍らせるような視線を、今度は西さんに向けた。「理由なんて決まってるじゃない。あなたたちが、平気で人を傷つける加害者だということを自覚させるためよ」

加害者、という言葉で、西さんの顔が引きつった。

「あの女の話を聞いて愕然とした」

古津さんは手島さんのことを話しだした。「ゴールデンウィーク前の雨の日に、大学に行く途中で、駅前でうずくまっている人を見た話をしてたの。友達から『声かけなかったの？』って尋ねられたときの言葉、今もはっきり覚えてる。『構ってられないよ。こっちは急いでたんだから』。そう面倒くさそうに答えてた。人の命を犠牲にしてまでも急がないといけない理由って何なんでしょうね。私は、そのとき一緒にいた、弟の家庭教師を務めていた友人とあの女を追いかけて、裏道へ連れ出した。あなたがすぐ助けを呼んでいれば、弟は命を落とすことはなかったと問い詰めたけど、女に反省する様子はまったくなかった。『体調管理してなかったのが悪い。私のせいにするのはやめろ』ですって。友人が彼女を殴るのを、私は止めなかった。むしろ、よくやってくれた、と思いながら離れた位置で見ていた。だけど誰かに目撃されたらまずい、そう思って窓に目を向けたときに、この人たちが見ているのに気づいた」

古津さんが、悄然と立ち尽くしているサークルのメンバーを指さす。

「上庭先生が指摘されたとおりです。暴行の現場を見なかったふりをして食事を続けるこの人たちを見て、かつて味わったことのない怒りを覚えました。彼らも同罪だ、自分には関係のない面倒事を黙殺して、その後の日々をのうのうと送る卑劣な連中を許しておけない、と思いました。上庭先生は傍観者効果について説明されましたけど、人間にはそのような傾向があるからしょうがない、と済ませることなどできるはずがありません。傍観者は加害者の行為を黙認している時点で加害者同然です。この人たちに、自分はただの傍観者ではなく、他人に危害を加える加害者なんだという自覚を持たせたかった。そこで考えついたのが、アイヒマン実験をモデルにした今回の実験です。他人を傷つける行為に荷担させ、人を痛めつけたことへの罪悪感で苦しんでもらいたかった。自分は加害者なんだと自覚させたかったんです」

「ふざけんな」

山田さんが巨体を揺らして古津さんに詰め寄った。「勅使河原さんを傷つけたのはあんただろう。俺たちはあんたの指示に従っただけだ。あんたが実験に必要だって言うから、言われたとおりのことをしただけじゃないか」

「山田さん、あなた、他人の操り人形でいる自分を情けないと思わないの？」

「何だと？」

「子どもの言い訳みたいなこと言うのはやめてくれる？　もう大人なんだから、自分の行いに責任持ったら？」

山田さんが唇を噛んだ。

「あなたは自分の意思で、勅使河原さんを傷つけたの。自分の発する言葉で彼に異変が生じていることを知りながら、さらに追い詰めていった。上庭先生が邪魔してこなければ、立ち直れないくらいのダメージを与えることになってたのよ。この後にあなたたちが言うはずだった言葉、聞きたい？　この人、他にもやましい過去があってね。彼は大学でも自分の起こした問題がきっかけで居場所を失っているの。彼が二年生のときに……」

「やめてくれ！」

勅使河原さんが叫んだ。

「ふざけないでよ。人を騙しておいてどうしてそんな偉そうな口が利けるの」

　今度は岸本さんが言った。「あんたの言ってること、ただの八つ当たりじゃない。弟が死んだ鬱憤を私たちにぶつけないで」

　岸本さんは荒い足音で部屋の外へ向かう。

「どこへ行くの？」

　私の問いかけに、岸本さんは歩みを止めずに答える。

「帰ります。もうつきあってられない」

「俺も帰る。つまんないことにつきあわされていい迷惑だったよ」

　古津さんをにらみつけながら、山田さんも後を追うように部屋から去っていく。さらに細川さんと西さんも、逃げるように二人の後を追った。ドアの閉まる大きな音が鳴り、その残響がやんでから、私は古津さんに訊いた。

「復讐は成功しましたか？」

　古津さんの顔は、すでに静かな微笑に変わっていた。

「彼らに人を傷つけたという自覚を持ってほしかったと言いましたよね。だけどみんな、悪いのは自分じゃなくて古津さんだって言ってました。はめられた、って思ってるみたいでした。あなたの計画は失敗に終わったってことじゃないですか？」

「どうかしらね」

　古津さんが髪を掻き上げる。「自分が人を傷つけたという事実をすぐには受け入れられなかったんでしょう。自分は悪くないと言い聞かせたくて私に刃向かったんです。だけどきっと、今日の出来事は彼らを長く苦しめることになるでしょう。動揺する勅使河原さんをさらに追い込むような汚い言葉を彼に吐いた。その記憶は繰り返し蘇り、彼らの良心を揺さぶり続けてくれます。本当はもっと彼らの手を汚させたかったんですけどね。部外者に水を差されてしまいました」

古津さんが上庭先生をにらんだ。

「さて、私たちも帰りましょうか。まさか、この後も合宿を続けるなんて言いませんよね？」

誰も答える者はいない。

「宿泊キャンセルの手続きは私がしておきますので、それぞれ準備ができ次第お帰りください。そしてこの会も今日で解散です。みなさん、今までありがとうございました」

古津さんが頭を下げ、荷物をまとめて部屋から消えた。

「俺は、性犯罪者なんかじゃない……」

椅子の上でうなだれていた勅使河原さんが、ふらつきながら立ち上がった。

「俺は浮いてなんかいない。俺は観葉植物なんかじゃない。俺は、俺は……」

ひとりごとをつぶやきながら、泥酔しているかのようにおぼつかない足取りで外へ向かう。彼にどんな言葉をかければいいかわからず、その背中を黙って見送った。

「僕たちも帰ろう」

先生が、私と日野さんを見て言った。

「日野さん、行きましょう」

日野さんの肩に手を置く。日野さんは私の手をはねのけるようなことはせず、黙ってうなずいた。

三人で部屋の復元を始めた。

「助けに来てくれてありがとうございます」

一緒に机を元の位置に戻しながら、先生にお礼を言った。

「僕はたいしたことはしていないよ。古津さんの弟の死については、全部理事長が調べたことだから。学食裏での事件のことも全部理事長から聞いた話だしね」

「でも、最終的に古津さんの計画を見破ったのは先生じゃないですか！　やっぱり先生は頼りになりますよ」

「僕を褒めるのはやめてくれないか」

先生はなぜか、唇を噛んでいた。謙遜や照れとは明らかに違う。まるで苦痛に耐えているみたいだ。

「どうしたんですか？」

「本当のことを言うと、もっと早く君たちを救うことができた。実験の途中から僕はドアの向こう側で様子をうかがっていたんだよ。実験の様子を見ていて、すぐにアイヒマン実験のことが頭に浮かんだ。だけど、すぐに中へ入ることはできなかった」

「どうしてですか？」

「怖かったんだ」

絞り出すように先生は言った。「異様な雰囲気の中に割って入って、古津さんを指弾することを考えると、足がすくんで動かなくなった。僕がもっとしっかりしていたら、事態が深刻化する前に止めることができた。自分が臆病なのがこんなに悔しいのは初めてだよ」

「でも、助けに来てくれてからの先生、堂々としてたじゃないですか。格好よかったですよ」

「堂々となんてしていない。すごく緊張していた」

「そうは見えなかったですけど……」

「いや、緊張してましたよ」

声を発したのは日野さんだった。椅子を抱え、ショックを引きずったままの表情で先生を見る。

「話している間、ずっと手が震えてました」

「ほんとに？　全然見てなかった……」

恐怖心と戦いながら、私たちのために先生は古津さんと対峙してくれたのか。

「あの、私、先に帰ります」

作業を終えた私たちに、日野さんが言った。

「一緒に帰らない？」

誘ってみたが、日野さんは首を振る。

「すいません、一人にさせてください。いろいろ考えたいことがあるので」

「そっか。わかった。帰り気をつけてね」

「今まで邪険にしてすいませんでした」

日野さんが頭を下げた。「初めてサークルの顔合わせをしたとき、変だなあって思ったんです。学食の一人席で見かけたことのある人たちが何人もいましたから。ただの偶然なのか、最初は訝しんでました。だけど、古津さんたちと活動するのが楽しくて、疑うことを忘れてしまいました。まさか、古津さんもあの事件現場にいたなんて。全然気づかなかった……」

日野さんの目に涙が浮かび、見られないように顔を伏せて足早に出ていこうとする。

「ちょっと待って」

先生が呼び止めた。「どんな人間でも、権威から下された命令には無条件に従う危険性がある。それが、アイヒマン実験から見えてきた人間の傾向だ。さっきのような状態に置かれたらほとんどの人は同じ行動を取る。君に限らず、ね。そのことを、よく覚えておいてね」

私も日野さんの背中に声をかける。

「今日のことは気にしない方がいいよ。岸本さんも言ってたけど、こんなのただの八つ当たりだよ。日野さんがこんな仕打ちを受けるなんて、どう考えてもおかしい」

日野さんがうなずく。

「それから、吉井さんに連絡してあげて。あの子、きっと心配していると思うから」

「わかりました」

小さな声だったけど、日野さんははっきりと返事をした。

「悪い子じゃないみたいだね」

ドアが閉まった後で、先生が言った。「僕たちも帰ろう」

「そうですね。あっという間の合宿でした」

荷物を取りに部屋へ戻る。部屋の片隅に、夜食べるはずだったお菓子や飲み物が置かれていたので、自分の荷物と一緒に持って部屋を出た。合宿所の受付で管理人にあいさつをする。管理人はわずか数時間で帰る私たちを怪訝そうに見送った。

外は依然として、うんざりするような暑さだった。少し歩くだけで、額に汗が浮き出る。ぬるい風が、潮の香りを運んでくる。

「すごく疲れた。早く帰って横になりたいよ」

緊張から解放され、先生はいつものだらけた表情に戻った。

「それにしても、松岡さんはよく耐えたね。他の学生たちが古津さんに従って罵倒の言葉を吐く中で、君は最後まで彼らに同調しなかった。それはとても立派なことだと思うよ」

「先生、それは違います」

「どういうこと？」

「あの実験は、権威から下された命令に人はどう動くのか、ということを試すためのものですよね。私は他の人たちと違って、古津さんを怪しんでいたんですから、言葉に重みを感じていなかっただけです。それでも、勅使河原さんを追い詰める言葉をもう少しで吐いてしまうところでした。私が立派だなんて、とんでもないですよ」

それきり、私は何も話す気になれなくて口を閉ざした。先生も声をかけてこなくなった。

こうして、一カ月近くにわたる、古津さんを巡る日々がようやく終わった。

七限目 自己成就的予言

社会的行為の状況に対する虚像の規定あるいは信念、思い込み、決めつけが、それにもとづいて行われた行為を通じて現実のものと化してしまう場合、初期の規定や信念、思い込みのことを自己成就的予言という。

1

翌週の木曜日。

相談室のドアを開けると、驚きの光景が広がっていた。

「どうしてここへ？」

入口に立ち尽くす私に、ソファーに座る古津さんがほほえんだ。

「言ったでしょう。またおうかがいします、って」

古津さんの正面で、先生が不機嫌そうに腕を組んでいる。テーブルを見ると、先生の前

には マグカップがあるのに古津さんには何も用意されていない。

「今飲み物用意しますね。何がいいですか？」

「こんな人に何も出す必要はないよ」

先生は頬を膨らませて古津さんを「こんな人」呼ばわりする。

「そういうわけにはいきませんよ。暑いのでアイスティーでもいかがですか？」

いろいろあった相手とはいえ、最低限のもてなしはしないといけない。

アイスティーを二人分用意した。古津さんが喉を潤している間、私はスマートフォンで一件メッセージを送った。

「それで、何の話をしていたんですか？」

スマホをしまい、二人を見比べる。先生は頬を膨らませたまま何も言おうとしない。古津さんが苦笑いした。

「今、先生に叱られていたところなの」

「ええっ！」

先生が学生を叱るなんて想像できない。誰かに叱られて悄然としている方が先生には似合ってるのに。

「この間の実験のことでですか？」

「他に何があるんだよ」

先生が言った。「日が経つにつれて、どんどん腹が立ってきてね。そこに突然この人が来たものだから、一言言わせてもらった」

「何を言ったんですか」

先生に代わって、古津さんが答えた。

「誰かを陥れるために研究の成果を悪用するのは研究者として許せない、と叱られました」

「学問というのは、人間を理解したいとか、世界の構造を解き明かしたいとか、世の中をもっとよくしたいとか、そういった研究者たちの情熱によって支えられているものじゃないか。多くの学者によって積み重ねられてきた研究の成果が個人的な復讐に利用されるのは我慢できなくてね。しかも、大学院で専門的な研究に関わっている人が行ったことだから余計に腹が立つ」

「先生、まるで学者みたいなこと言いますね」

「君は僕を何だと思ってるんだ」

「上庭《うえば》先生のおっしゃるとおりです。院生とはいえ、研究に携わる者として取るべき行動ではありませんでした。反省しています」

古津さんが頭を下げる。だが、顔を上げたとき、瞳には強い光を宿していた。

「だからといって、彼らへの仕打ちを後悔したわけではありません。私は、やるべきことをやったと今でも確信しています」

「一つ言わせてもらっていいかな。傍観者効果も、アイヒマン実験で見られた権威への服従も、同じ状況に置かれれば誰でも陥る危険性のあるものだ」

「そんなのは言い訳です。私たちには克服する義務があります」

「君だって例外ではないんだよ」

先生が珍しく語気を強めた。「あの手島さんという女子学生と同じ状況に置かれれば、君だって路上でうずくまる人を見捨てたかもしれない。日野さんたちと同じ立場にいれば、君だって善悪の判断を放棄して権威に服従していたかもしれない」

「全員がそうなるわけではありませんよね。間に合わなかったとはいえ、実際に弟を助けようと救急車を呼んでくれた人はいたわけですし、アイヒマン実験においても電流を流し続けることを拒否した人がいます」

そして古津さんは宣言した。

「私はどんな状況下においても、正しい行動を取ります」

「かたくなだね、君は」

先生は降参したかのように古津さんから視線を外し、コーヒーに手を伸ばした。

「古津さん、私も質問していいですか」

「もちろんです」

「どうして私を合宿に参加させてくれたんですか。実験を成功させるためには、余計なメンバーを加えない方が確実性が増すと思うんですけど」

「あなたも同罪だと思ったからです」

古津さんの一言で、心が凍りついた。

「あなたはサークルでの出来事を話してくれましたよね。仲間が排除されようとしている中で、その子を嫌いでもないのに指をくわえて見ているだけだ、と。傍観者という立場にとどまって助けが必要な相手を見捨てるという点では、弟を見殺しにした人たちや、私が集めた人たちとまったく同じです。ですから、実験に参加するのにふさわしい方だと思って、合宿に来ていただくことにしたんです」

恥ずかしさのあまり、顔を上げていられなくなった。

古津さんの言うとおりだった。私のしていることは、手島さんや日野さんたちと何も変わらない。あの実験は、私自身も試されていたのだ。

今週の月曜日、遅れてやってきためる子は部室の隅で居心地悪そうに過ごしていた。何度か会話に加わろうとして言葉を挟んではみるものの、相手にする者は誰もいない。私ももちろん、める子は存在しないものとして扱っていた。

私はめる子を嫌っていないけど、そんなことは何の意味もなさない。める子を排除しようとする動きに異を唱えていない時点で、私は他のメンバーと同罪なのだ。

私はいつもこうだ。傍観者を装い、だけど実際は誰かを傷つける行為に荷担している。私が下を向いてから、誰も何も言わなくなった。二人がどんな目で私を見ているか、確認するのが怖くて顔を上げられない。

沈黙を破ったのは、ドアの向こうから聞こえてくるノックだった。

「はい？」

先生が返事をする。

ドアがゆっくりと開くのが、視界の端に映る。顔を上げると、そこには緊張で蒼白になった女の子の顔があった。

「日野さん！」

顔を上げ、彼女の元へ駆け寄る。肩に載せた手の感触で、日野さんが緊張で震えているのがわかった。隣にいるだけで、心臓の鼓動が聞こえてきそうな気がした。

「連絡してくれてありがとうございます」

「さあ、中に入って」

ドアを閉め、中に入るよう日野さんをうながす。古津さんが不思議そうな顔で、近づいてくる私たちを見つめていた。

「松岡さんが呼んだの？」

「はい。先日、古津さんにもう一度会いたいと日野さんが言っていたんです。だから古津さんを見て、すぐに日野さんに連絡したんです」

月曜日、私が双方に声をかけ、日野さんと吉井さんを仲直りさせた。謝る日野さんに対して、吉井さんは涙を流して喜んでいた。日野さんは吉井さんに今までのことを正直に語った。そして私には、もう一度古津さんと話したいと持ちかけてきたのだった。

「文句を言いに来たの？　だけどね、私は間違ったことをしたなんて少しも思ってないの。何を言われても、謝るつもりはありません」

日野さんが首を振った。

「謝るのは私の方です」

日野さんは、膝に密着するくらい、深く頭を下げた。「本当に、すいませんでした」

古津さんは大きな瞳をさらに開き、呆然とした様子で日野さんを見ている。

「君が謝ることはないよ。むしろ古津さんが君に謝罪をしないといけない」

先生が言うと、日野さんは頭を下げたまま首を振った。

「もし私が道ばたで倒れている人を見かけても、きっと声をかけないだろうな、って思ったんです。うまく対処できるか自信がないし、あたふたする様子を他の人に見られたら恥ずかしいなんて考えて、見て見ぬふりをするに決まってます。学食の外で人が殴られているのを見たときも同じでした。人が多い中で大声を上げるのが恥ずかしいとか、誰も聞いてくれなかったらどうしようとか、自分のことばかり考えて、何もできなかったんです」

日野さんは頭を下げたまま涙をぬぐった。「何様のつもりって怒られそうですけど、弟さんを見捨てた人たちを代表して謝りたいんです。私みたいな人たちのせいで大切な弟さんを死なせてしまって、申し訳ありませんでした」

二十秒、いや、三十秒経っただろうか。古津さんは何も言わず、目を見開いたまま日野さんの後頭部に目をやっていた。

やがて、古津さんの口が開いた。

「代表って、あなたそんなに偉い立場だったんだ」

皮肉を言っても、日野さんの姿勢は揺らがない。古津さんは居心地悪そうにこめかみに指を当て、何かを考えるように視線を遠くに向けた。

「顔を上げてくれますか」

日野さんがそっと顔を上げ、真っ赤な目で古津さんをうかがう。

「あなたたちを許すつもりはありません」

日野さんの顔が曇る。

「だけど、あなたが私の前にわざわざやってきて、泣きながら頭を下げたこと、これは決して忘れません」

日野さんに告げて、古津さんはゆっくりと立ち上がった。

「何だか調子が狂っちゃった。今日はこのあたりで失礼させていただきます。先生、またお邪魔してもよろしいですか？」

「えー、まだ来るの？　もういいじゃん」

先生が露骨に嫌そうな表情を浮かべる。

「最後にお礼を言わせてください」

古津さんが姿勢を正した。「弟のことを上庭先生に相談してから、家族とも話し合って、弟との会話を増やすように試みました。最初は相手にしてくれなかったけど、根気強く続けていたら徐々に家族の会話が増えていったんです。短い間でしたけど、久々に弟とふつうの会話をできただけでも嬉しかった。あなたたちのおかげです。ありがとうございました」

古津さんが深く頭を下げる。

「弟さん、残念だったね」

「以前のような関係をもう一度築けるかもしれないと期待した直後のことでした。悔しくてなりません。もっと早く救急車を呼んでくれる人がいたら、こんなことにはならなかったのに……」

無念さを押し殺すように唇を嚙みしめた。

「古津さん、また相談室に来てください。私たち、もっと古津さんと話がしたいです。ね、先生？」

「仕事だからね。相手はしてあげるよ」

先生も頬杖を突きながら渋々うなずいた。その様子を見た古津さんは、かすかに笑みを見せた。

「それでは、失礼します」

古津さんは相談室から去っていった。

「はあ、疲れた」

ドアが閉じた直後、先生はほっと息をついてソファーに背中を預けた。「もう二度と来ないでほしい」

「相談室任されている人がそんなこと言っていいんですか？　どんな人の悩みも聞いてあげるのが仕事じゃないですか」

「古津さんが来たら全部松岡さんに任せるよ。バイト代出すから。一時間六十円でどう？」

「舐めてるんですか」

「じゃあ一時間六単位」

「無理に決まってるでしょう」

「理事長に頼めば不可能ではない」

「乗った！　古津さんのことは私に任せて！」

「ああ、それにしても疲れた。ちょっと昼寝していい？」

ソファーに横たわった先生を無視して、私は日野さんの肩をつかむ。

「日野さん、すごいよ！　頑張ったね！」

「私の気持ち、伝わったんでしょうか……」

「絶対伝わってるよ！　疲れたでしょう。そこに座って。飲み物持ってくるから」

「飲み物は大丈夫です。それよりも、聞いてほしいことがあるんですけど」

「いいよ。どうしたの？」

「あの、松岡さんにじゃなくて……」

日野さんがソファーに寝そべっている先生をそっとうかがう。

「ほら、先生、仕事ですよ！　起きて起きて！」

先生の太ももを蹴飛ばす。

「えー、君が代わりに聞いてよ。単位あげるから」

「黙って仕事しろ！」

ぼさぼさの髪を引っ張ってむりやり起こす。

「痛い痛い痛い！　わかったよ、ちゃんと聞くから手を離して！」

頭を押さえながら身体を起こし、不機嫌そうに座り直す。だけど日野さんの深刻そうな様子に気がつくと急いで真顔を装い、ソファーに座るよううながした。

「聞きたいことって何だろう」

「あの日以来いろいろなことを考えたんです。そしたらだんだん怖くなってきて……」

「怖いって、何が？」

「先生が実験のときに話してくれた傍観者効果と、アイヒマン実験について、もう少し詳しく勉強してみました。私自身もそうでしたけど、どちらも、悪いことをしようと思ったわけではないのにいつの間にか他人を傷つけたり、不幸にしたりする結果になりますよね。みんないい人でいようと思っているはずなのに、自分でも気がつかないうちに間違ったことをしてしまうなんて、すごく恐ろしいことだなって思えてきて……」

「人間なんてそんなものだよ」

諭すように先生は言った。「君が思っている以上に、僕たちは愚かで不完全な生き物なんだ。平気で間違ったことをするし、それに気づけないことだって多い。ハンナ・アーレントという学者がいる。彼女はアイヒマンの裁判を見て、アイヒマンは邪悪な心を持った人物ではなく、機械的に仕事をするだけの、どこにでもいる凡庸な官僚だということを見抜いた。そしてアーレントは『悪の陳腐さ』という言葉を使った。悪とは一部の人間だけにあるおどろおどろしい概念ではなくて、誰もが持つ普遍的なものと考えたんだ。悪は誰にでもある。君にも、僕にも、松岡さんにも。松岡さんなんて特に悪いよ。いつも僕をいじめるんだから」

「人聞きの悪いことを言わないでください！」

おいしいお菓子を作ってあげた恩を忘れたのか。

「そんな不完全な僕たちが頭を振り絞って何とか作り上げたのが、今のこの社会なんだ。不完全な人間が作った社会だから、よく観察すると綻《ほころ》びもたくさんある。だけど、不完全だからこそ、僕は社会学を学ぶことが好きだ。人間や社会が完全だったら、あまりにつまらないからね。それに、人間はみな不完全なんだと思うと、自分がダメ人間であることへの慰めにもなるしね」

「不完全でいいわけないです！　現実に、古津さんの弟さんが死んじゃったんですよ！」

日野さんの悲痛な声に、先生は気圧されつつも腕を組んで真剣に考える。瞳に力が宿り、頬が引き締まる。別人のように変貌した先生の姿を見て、日野さんが目を丸くしていた。

「学ぶことだ」

上庭先生は日野さんの顔を見据えた。「傍観者効果について学んだ人は、誰かが緊急事態に陥ったとき、傍観者にならずに積極的に手をさしのべる傾向にあるそうだ。アイヒマン実験もきっと同じだ。人間は権威に従順すぎるという知識があれば、きっとどんな場面においても、自分の意思で行動しようと意識するようになる。君は社会学部だよね。だったら、まずは毎日の勉強を頑張ることだ。社会のこと、そして人間のことをよく学べばいい」

先生は私に目を向けた。

「以前君と、みんなの意見で物事を進める民主主義より、優秀な独裁者がいた方が世の中がうまく回るかもしれない、という話をしたことがあったね」

畠山さんが相談室から去った後のことだ。確か、自由が人間にとっていいものとは限らない、という話をしていた。

「ありましたけど、それが何か？」

「君のような人たちの感情を利用した政治家がいる。アドルフ・ヒトラーだ」

鼻の下に髭を生やした恐ろしい風貌の白黒写真が頭に浮かぶ。

「当時のドイツは、第一次世界大戦に負け、不況にあえぎ、国全体が落ち込んでいた。そんな中でドイツ国民が拠りどころとしたのが、国民を強い力で支配し、他民族を征服しようとするヒトラーだった。国民は自由を放棄してヒトラーに進んで従い、独裁者と一体化することで、失った自信を取り戻した。当時のドイツ人が取った行動が世界の歴史をどれだけ悪い方向に変えたか、それは僕が語るまでもないよね」

侵略戦争に、ユダヤ人の大量虐殺。

私でも知っている。

「この過ちを取り返すことはもうできないけど、再発を防ぐための努力を僕たちは行わないといけない。なぜ戦争が起こったのか、当時の社会状況や人々の心の動きを学ぶことで、同じ過ちを避けることができる」

先生がふたたび日野さんを見た。

「大学の勉強で得る知識や考え方は、就職には直接関係のないことも多い。だけど、僕たちが生きる上で、あるいはよりよい社会を作っていこうとする上で、大きな武器になってくれる」

古津さん、畠山さん、伴さん。吉井さん。今まで相談室を訪れた人たちの顔が脳裏に蘇る。彼らの陥った状況を、先生は社会学の知識を使って鮮やかに解決してみせた。

「あとは正しいことを行う勇気さえあれば、道を踏み外すことはない」

「日野さんなら何の心配もいらないよ。本来なら恨んでもいいはずの古津さんに謝ることができたんだから。誰にでもできることじゃない。日野さんはすごいよ」

「ありがとうございます……」

ふたたび日野さんの目に涙が滲む。

「じゃあ、私、そろそろ帰ります」

日野さんはハンカチで目元を拭きながら、鞄を持って立ち上がった。「上庭先生、松岡さん、ありがとうございました。助けてくれたこと、本当に感謝しています」

日野さんが頭を下げ、部屋を出ていった。

2

「はあー、疲れた。相談ってほんと面倒くさい。みんな自分の悩みくらい自分で解決してくれればいいのに」

上庭先生がソファーに沈み込んだ。「だいたい悩みを人に相談しようってのが甘いよ。自分の悩みを解決できるのは自分しかいないんだから。まったく、最近の学生はたるんでるよ」

私は答えない。

「松岡さん」

先生が不服そうに私をにらむ。「ちゃんと突っ込んでよ、君の仕事だろ」

私が答えずにいると、先生は目をつり上げた。

「君が突っ込んでくれないと僕がただの最低な人間になっちゃうじゃないか」

なおも私が答えずにいると、とうとう先生は怒った。

「何だよ！　僕を無視するつもりか！　人を無視するなんて最低な人間のやること……ま、ま、松岡さん！」

ようやく私の異変に気づき、先生は慌てて立ち上がった。

「どうして泣いてるの？」

涙をぼろぼろとこぼす私を見て、先生は猛スピードで自分の机へ走り、ボックスティッシュを持って戻ってきた。私は箱ごと奪い取り、涙を拭いて鼻をかみ、もう一度涙を拭いて鼻をかむ。

「どうしたんだい、急に」

「先生の言うとおり、私って最低最悪の卑怯者なんですよ」

「僕はそこまでひどいこと言ってないよ！」

うろたえた先生が部屋を右往左往する中、私はひたすらティッシュを引き抜いて涙と鼻水を回収し続けた。

「ティッシュ、なくなっちゃった。せっかく高い奴買ったのに……」

「ふかふかで心地よかったです。また今度買ってきてください」

「ああ、買ってくるよ。僕自身のためにね！」

文句を言いながらも、先生はごみになったティッシュを箱ごと捨ててくれた。

「あのさ、急にどうしたの？」

先生が、言いにくそうに尋ねてくる。「日野さんとのやりとりの中に、自己嫌悪に陥るような要素ってあったっけ？」

「ええ、ありましたよ。私ずっと、逃げ出したくなるのを我慢してましたから。本当は、日野さんを励ましてる余裕なんてなかったんです。この間話しましたよね、私が入ってるサークルのこと」

古津さんに「あなたも同罪」と言われてから、心は乱れたままだった。さらに古津さんの前で頭を下げた日野さんを見て、私は自分と比べずにはいられなくなった。日野さんの勇気には本当に敬服する。それに比べて私はどうだ。自分が嫌われるのが怖くて、みんなと一緒にめる子を排除しようとしている。本当はそんなひどいことしたくないのに、異を唱えたいのに、そんな勇気は私の中にはない。

先生が黙って聞いてくれるので、私は高校時代の苦い記憶もついでに話す。かつて自分を助けてくれた友人を、クラスメイトと一緒にのけ者にしたこと。その子に卑怯者と罵られたことが今でも忘れられず、める子の一件以降、毎日自己嫌悪で苦しんでいること。苦しんでいるくせに、める子に手をさしのべる勇気がどうしても出てこないこと。

「本当に、彼女の言うとおりでした。私は、どうしようもない卑怯者なんです」

卑怯者と口にした瞬間、ふたたび涙が込み上げてきた。もう泣く姿を見られたくなくて懸命に涙をこらえる私に向かって、先生は言った。

「その言葉は呪いだ。耳を貸してはいけない」

先生の表情が一変していた。

強く光る瞳に、引き締まった口元。

学生の悩みを解決するときの、先生のいつもの顔だ。

一つだけ、今までとは違うことがある。

この表情で、先生は数々の相談を解決してきた。古津さん、畠山さん、伴さん、吉井さん、日野さん。私はいつも、隣で先生の横顔に見入っていた。

今は違う。

先生の大きな瞳が、初めて正面から私を見据えている。

私を救うために。

「松岡さん。予言の自己成就、って聞いたことある？」

聞き慣れない言葉に、私は首を傾げた。

「自己成就的予言、という言い方もある」

「初めて聞きました」

「銀行の取り付け騒ぎって知ってる？」

「確か、高校の日本史で聞いたような……」

銀行がつぶれるかもしれないと思って、預金者がいっせいにお金を下ろしに行くんじゃなかったかな。

「一九二七年の金融恐慌だね。当時、経営危機に陥りながらぎりぎり持ちこたえていた銀行があった。だけど、当時の大臣が『銀行が破綻した』と誤って議会で発言したことがきっかけで、多くの預金者が慌ててお金を引き出した。この騒ぎのせいで銀行の預金額は大

き く減り、結果的にその銀行は破綻した。『銀行が破綻した』という発言が原因で、本当に破綻することになってしまった」

「誰かが予言をしたことがきっかけで、その予言が現実になる、ということですか」

「そういうこと。ある状況が起こりそうだと考えて人々が行為すると、そう思わなければ起こらなかったはずの状況が、実際に実現してしまう。これが、予言の自己成就だ」

銀行が破綻する、という発言が、実際に銀行の破綻へと繫がった。

「同様の例はいくらでも挙げられる。たとえば、罪を犯した人が改心してまともな仕事に就こうとしても、再犯の可能性を恐れてどの会社も採用しない。結局、生きるためにまた罪を犯したり、闇の世界に足を踏み入れたりするしかなくなってしまう。罪を犯すかもしれない、という先入観が彼をふたたび犯罪へと導く」

「通常とは因果関係が逆なんですね」

「そういうことだ。古津さんに話したラベリング理論と一緒だよ。もちろん、悪い例ばかりではない。ピグマリオン効果の例がある」

また知らない単語が登場した。

「アメリカの小学校で、ある実験が行われた。まず、児童たちにＩＱを測る知能テストを行った。実験者は試験を受けた児童の中の数名をランダムに選び、教師に対してこの児童たちは知能が特別高く、今後成績が大きく伸びることが期待されると説明したんだ」

「ランダムに？　テストの結果じゃなくて？」

「そう。テストの結果はいっさい反映されていない。実験者が選んだ児童たちの知能が高いという根拠はどこにもない」

「嘘をついた、ってことですか……」

「半年後、実験者はふたたび知能テストを受けさせて、知能が高いと告げた児童たちのＩＱを調べた。他の児童たちと比べて、どんな結果になったと思う？」

「知能が高いのは嘘なんだから、他の児童とそんなに差は出ないと思うんですけど」

と答えながらも、正解が別のところにあるのは感づいていた。

「ＩＱが高くなっていたんだよ。実験者の言ったとおりにね」

「どうしてなんでしょうか」

「一回目のテストを受けた後、知能が高いとされた児童に対する教師の接し方が無意識のうちに変化したんだ。期待に満ちた視線を向けたり、好意的な言葉を頻繁にかけたりするようになった。児童たちも自分が有望だと思われていることに気づき、期待に応えたいと思って勉強を頑張るようになった、と考えられている」

この子はできる、という教師の期待が児童に伝わった結果、本当に知能が高くなった。

「人間のパーソナリティは周囲からかけられる言葉によって大きく影響される。子どもだけでなく、大人だって一緒だ。肯定的な言葉をかけられると自分を肯定できる人間になれるし、否定的な言葉をかけられると自分を否定ばかりする人間になる。今の君みたいにね」

「なるほど」

私の返事に、力はなかった。先生の言いたいことはわかった。「卑怯者」という言葉に囚《とら》われすぎてはいけない、自分を肯定してくれる言葉にも耳を傾けた方がいい、ということだろう。

だけど、頭の中にはまだ、部室の片隅で居心地悪そうにしているめる子の姿があった。私を卑怯者と断じるかつての友人の姿があった。

「松岡さん」

先生が、私を呼ぶ。

先生の表情が変化していた。頬は張りをなくし、視線が激しく泳ぎ、口元が小刻みに震えている。いつもの冴えない先生に戻った。いや、それどころか、いつも以上に情けない顔をしていないか？

「ぼ、僕が」

声は上ずり、うまく舌が回らず恥ずかしそうにうつむく。先生、急にどうしたんだろう。緊張しているの？

先生がふたたび顔を上げ、思い切り息を吸った。

「僕が、君の呪いを解いてやる」

必死の形相で、先生は唾を飛ばした。

「君は本気で自分のことを卑怯者だと信じてるの？　バカじゃないの？　バカだよバカ。だって、松岡さんは松岡さんのくせに松岡さんのことを何もわかってないんだから」

指を私に向け、思い切り罵る。その口調、態度、まるで子どもだ。最後の方はもはや日本語になっていない。

「そうだ、松岡さんはバカだ。だけど、決して卑怯者なんかじゃない。その証拠を、僕はたくさん持ってる」

先生が身を乗り出した。「君は僕に逆らってまで吉井さんのために一生懸命走り回った。大学の教職員に声をかけて情報を集めたり協力を仰いだりしたし、古津さんや日野さんにも邪険な扱いを受けながら何度も立ち向かっていった。元気のない吉井さんを励まして心の支えになろうとしたし、最後には合宿に乗り込んで日野さんたちを守ろうとした。本物の卑怯者なら、人を助けるためにそこまで頑張らないよ」

学生の相談に答える先生の姿を何度か見てきた。社会学の知識を駆使して学生の陥った状況を的確に指摘する先生の姿は格好よかった。だけど、それは同じ知識があれば先生でなくてもできること。私が以前指摘したとおり、先生は決して、自分の言葉で語ろうとしなかった。先生は人と関わることを怖がっているんじゃないか、と思っていた。

今は違う。

先生は初めて、先生自身の言葉で、先生にしか語れない言葉で私に向かってくる。ありったけの勇気を振り絞って。私に元気を取り戻してほしい。ただ、その一心で。

やばい、また泣きそうだ。絶対ダメだ。先生に泣かされるなんて、私の沽券《こけん》に関わる。何としても我慢しなきゃ。

「吉井さんのことだけじゃない。君は、どの相談者に対しても、常に真剣に接していた。相談室の手伝いをむりやりさせられるなんて、普通は嫌がるよ。でも君は、いつも親身になって相談を聞いていた。一緒に悩みを解決したい、そういう強い気持ちが相手に伝わったからこそ、緊張してやってきた相談者は落ち着いて話すことができたんだ。相談の答えも僕任せにしないで、毎回僕の話を聞きながら一生懸命相談者にかけられる言葉がないか考えていた。相談者はみんな君に感謝している。これは、僕の想像じゃない。古津さんが言っていたことだ」

唐突に古津さんの名前が出てきた。

「君が部屋に来る前に、古津さんがこう言ってたんだ。僕の意見を聞けたのと同じくらい、松岡さんが心配した様子で話を聞いてくれて、自分の悩みに共感してくれたのが嬉しかった、とね」

「私、特別なことは何もしていないですよ？」

「君はそう思っている。それが君のいいところだ。人の心に寄り添うことが当たり前のようにできているってことだから。僕なんかには絶対にできないことだ」

先生の表情がさらに真剣さを増していく。

「わかっただろう。松岡さんが卑怯者なんて大きな間違いであることが」

先生の顔が赤くなっていた。唾を飲み、緊張を和らげるように深呼吸をしている。私は、次に先生が何を言うのか、胸を高鳴らせながら待った。

「自信を持って、松岡さん。君は、人の心を思いやることのできる、素敵な人間だ」

顔が赤いまま、だから、と先生は続けた。

「自分を守るために人を見捨てることなんて、もう二度としないよ」

これ以上、込み上げてくるものを抑えることはできなかった。ふたたび涙が溢れ、頬を伝う。さっきのような、ただ苦しいだけの涙とは違う、温かい涙だった。先生のくれた言葉が、何度も頭の中で反響していた。

手の甲で涙を拭い、先生の目を見る。

「先生」

全身に力がみなぎっていた。決意はもう固まっていた。

「何？」

「私、先生を嘘つきにはさせません」

「当たり前だ。僕は正直であることだけが唯一の取り柄なんだから」

「まずそれが嘘じゃないですか」

「何だって？」

先生が眉間にしわを寄せるのを見て、私は声を上げて笑った。

先生が私を信じて与えた予言。

絶対に、成就させないわけにはいかない。

3

「じゃあ、来週の土曜日、私の家に集合ね。よろしくー」

真由が言って、「はーい」という元気な返事が部室内に響く。

決めるべき事を決め、それから先は目前に迫ったテストの話題が中心となった。

「えみる、今日ちょっと元気なくない？　夏風邪でもひいた？　身体も少し震えてるように見えるけど」

私の口数が少ないことを気にして、風子が心配そうに声をかけてきた。

「そんなことないよ、大丈夫」

むりやり笑顔を作って答え、風子を安心させる。腹に力を込め、身体の震えが静まるよう念じる。

そのときは確実に近づいていた。

四限終了のチャイムが鳴って十分ほど経ったところで、静かな音を立ててドアが開いた。顔をこわばらせためる子が入ってきて、隅に置かれた椅子に座る。いつものとおり、彼女に声をかける者は誰もいない。

ああ、来ちゃったか。来なければ勇気を出す必要なんてなかったのに。落胆で肩を落とし、すぐに自分を恥じて気合いを入れ直す。

「あのさ」

める子が声を発した。自分から何か言いだすのは久しぶりだった。「次回のお菓子作りの日程決まった？」

める子の声は、他の子たちの嬌声に紛れてほとんど届かなかった。それでも風子の耳には入ったらしく、「まだ決めてないよ」とめる子の顔も見ずに答え、すぐに隣に座る後輩との会話に戻る。

おそらく風子に嘘をつかれていることは察しているだろう、それでもめる子は小さくうなずき、居心地悪そうに背中を丸めた。

息を吸って、爆発しそうな心臓を無視して、口を開いた。

「来週だよ」

おしゃべりが、ぴたりとやんだ。自分の目で確認しなくても、全員が私を凝視しているのがわかる。誰もが動きを止めた部室の中で、私の心臓だけが激しく動いている。

きょとんとしているめる子に向けて、再度息を大きく吸って告げる。

「来週の土曜日、真由の家で和菓子作ることになったから。予定ある？」

自分から訊いたくせに答えが返ってくるとは思ってなかったのだろう、める子はまばたきを何度も繰り返す。

「ええと、確認してみる。行けたら行くよ」

「うん、行けたらね」

「そうだね」

める子が何回もうなずく。

「私、トイレ行ってくるね」

私は嘘をついて立ち上がり、荷物を持って外へ出て、逃げるように部室から遠ざかった。

心臓はまだ激しく鳴り、身体の震えも治まらない。階段を降り、二階の空いている席に腰を下ろしたところで、ようやく少し気持ちが落ち着いた。緊張を体内から出し尽くすように大きく息を吐いた。

言ってしまった。

勇気を振り絞った末の行動だったのに、達成感はかけらもない。それどころか、後味の悪ささえ覚えていた。もう後戻りはできない、そんな絶望的な思いに囚われていた。

五分後、階段を降りてくる人の姿があった。風子と真由と羽村先輩。全員顔がこわばっていた。三人の視界に私は入っていたはずだ。それなのに、私に反応することなく、そのまま一階へと降りていった。

今日は四人でファミレスに行く約束をしていたのに、誰も私に声をかけない。

羽村先輩は少しくらい私に合図を送ってくれるかもしれないと期待したけど、他の二人と同じように私を無視した。居場所を失うのを避けるためなら、どんな卑怯なこともする。宣言どおりの行動だった。

座り続けていても仕方がない。帰ろう。私は病人のようにふらつきながら階段を降りる。外に出ると、強い雨が降っていた。

夕暮れの雨の中、帰り道を一人で歩く。折りたたみ傘を差しても雨が当たり、先週風子や真由と買いに行ったばかりのジーンズに染みがついていく。

彼女たちと買い物に行くことも、もうないのかもしれない。

早くも後悔に襲われた。

今頃、三人はファミレスで私の悪口を言い続けているのだろう。きっと、明日から私の居場所はなくなる。特に誰よりもめる子を嫌っていた風子は絶対に許さないに違いない。

どうしてあんなバカな真似をしてしまったのだろう。める子なんてどうでもいいじゃないか。友達でも何でもないんだから、放っておけばよかったんだ。そもそも私が少し助け船を出したところでみんながめる子を受け入れるようになるとは思えない。私が何かしたところで、める子の置かれた状況は変わるわけではないのだ。結局私がやったことは単なる自己満足だ。意味もなく居場所を失って、本当にバカみたいだ。

サークル、辞めようかな。

細い路地を歩いていると、横を通り過ぎた車が水たまりの水をはね、下半身がずぶ濡れになった。惨めな気持ちに拍車がかかり、涙が込み上げそうになったところで、ポケットのスマートフォンが震えた。

風子からだったらどうしようと怯えながらスマホを取り出す。画面に表示されていた名前を見て、思わず手が止まった。

「もしもし」

める子から電話が来るのは初めてだった。

「もしもし、えみる？」

声が小さく、雨の音に負けそうだった。

「どうしたの？」

「ごめんね、急に電話して。もしかして今、外？　迷惑だった？」

悲しくなるくらい私に気を遣っていた。空気を読まずに身勝手な振る舞いをするいつものめる子からは考えられない姿だった。

「外だけど平気。今家に帰る途中なの」

「ごめんね。どうしても一つだけ言いたいことがあって。それだけ言ったらすぐ切るから」

相変わらずめる子の声は小さい。もう少し声を張って、と頼もうとしたときだった。

「ありがとう」

雨音に紛れていても、その五文字は私の心まで確実に届いた。

「嬉しかった。めちゃくちゃ嬉しかったよ」

電話の向こうで、める子がこらえきれずに泣き崩れているのがわかった。私は足を止め、める子の泣き声を歩道の隅で聞いた。める子の涙によって、私の後悔が洗い流されていくのを感じていた。

私の勇気は、ちゃんと意味があったんだ。

「ねえ、める子。今度、家に来ない？」

「……いいの？」

「二人でお菓子作ろうよ」

「えっ」

「私、なぜかいつもあまり関わらせてもらえなくて、すごくストレス溜まってるんだ。二人で作って一緒に食べない？」

当然喜んでくれると思っていたのに、める子の返答は渋かった。

「いやあ、それは……」

「何よ」

「えみるの作るお菓子、超まずいじゃん」

「はあっ？」

衝撃のあまり、傘を地面に落とした。私の横を通り過ぎたスーツ姿の男性が、飛び上がって驚いていた。

「める子、それ本気で言ってるの？」

「えみるの作るお菓子一度食べたけど、味覚を持って生まれてきたことを後悔するくらいまずかったよ」

そういえば、上庭先生にお菓子を食べてもらったとき、明らかに反応がおかしかった。苦しそうな顔で詰め込むようにカステラを食べて、その後急いでトイレに駆け込んだ。あれは食べたものがあまりにまずくて、戻しに行ったのか。

サークルのみんなも同じだったのか。私を気遣って本当のことを言わず、その代わり私が台所に立つことをさりげなく阻止しようとしていたということなのか。

転がった傘を拾う気力もなく、全身を雨にさらす。

やばい。今度こそ泣きそうだ。

「えみる？　どうしたの、大丈夫？」

「全然大丈夫じゃない！」

「え、もしかして怒ってる？　ていうか、今までお菓子がまずいことに気づいてなかったの？」

「あんたに言われるまで知らなかったよ！　だって誰もそんなこと言わないから！」

誰もが言及を避けていたことをめる子はあっさりと告げた。そんな調子だからみんなに嫌われたんだ。

「人に言われる前にさ、自分で食べて味がおかしいことに気づかないの？」

「自分で食べてもおいしいとしか思わなかったんだもん！」

「うーん。それはたぶん、えみるの舌がバカになってるんじゃないの？」

「何て失礼な……」

と言いかけて、以前風子に同じ事を言われた記憶がうっすらと蘇る。

私、味覚が狂ってるの？

だから料理の腕もひどいのか……。

「サークル辞めようかなあ……」

人間関係の問題以前に、お菓子作りサークル、根本的に向いてないんじゃないか。

「じゃあさ、特訓しようよ。お菓子作り」

める子が言った。「私がおいしいお菓子の作り方教えてあげる。作ったお菓子が本当においしいかどうかも判断してあげる」

「どうして上から目線なのよ」

「お菓子作りに関しては私の方が上じゃない」

何も言い返せなかった。屈辱に耐えつつ、私は訊いた。

「……める子、今週末は空いてる？」

「土曜日バイトだから、日曜なら」

私と一緒だ。

「家来てよ。料理教えて」

「しょうがないなあ」

腰に手を当て、胸を反り返らせるめる子の姿が浮かんでくるようだった。

「約束だからね」

電話を切り、傘を拾って、帰り道を進む。全身がずぶ濡れだったけど、少しも気にならなかった。める子がくれた言葉を、頭の中で何回も反芻《はんすう》し続けた。

上庭先生と連絡先を交換していないことを激しく後悔した。

今すぐ伝えたかった。

先生の言葉が正しかったことを。

先生のくれた予言を、無事に成就させたことを。

補講　ステレオタイプ

特定の社会集団や社会の構成員のあいだで広範に受容されている固定的・画一的な観念やイメージをいう。一般に、観念内容が極度に単純化されている反面、強力な情緒的感情が充填されているため、その概念内容と対立する事実的証拠を冷静に受け入れることに抵抗を示しがちである。

三日間降り続いた雨もやみ、久々に青空が広がる一日となった。気分よく家を出て、キャンパス内に足を踏み入れたところで、さらに嬉しい知らせが届いた。

「手島さんが大学に来たんですか？」

私の声は上擦っていた。

「あの子、手島さん、っていうのか。ああ、来てたぞ。今日、一限の前に門を通っていくの見たよ」

警備員さんは、まるで手島さんの復帰が自分の手柄であるかのように胸を張っていた。

幅増《はばます》先生から聞いた話によると、警備員さんはこの大学の卒業生であり、自分の子どももこの大学に通っているらしい。大学や学生への愛着は強く、だからこそ手島さんのことを心配していたそうだ。

ゼミの時間、さっそく上庭《うえば》先生にも手島さんが大学に来たことを伝えた。

「ああ、来たか」

先生は驚かなかった。ソファーの上に寝そべり、読み終えた少女漫画をぱらぱらとめくっている。服装が、上半身だけ夏バージョンに変わっていた。柄のない黒のTシャツを十着持っていて、夏はこれを使い回すらしい。

「もしかして、もう知ってました？」

「今日来たというのは今知ったけど、いずれ大学に戻ってくるだろうとは思ってた。何せ、理事長が直接彼女の実家に赴《おもむ》いて大学へ戻るよう説得したらしいからね」

「本当ですか？　大学の理事長ってそんなことまでするんですか？」

「そんな真似するのは全国の大学を探してもあの人だけだろうね。まったく、よくやるよ。小学校の先生じゃないんだから」

理事長って、上庭先生のお父さんって、いったい何者なんだろう。

「ところで、もうすぐ夏休みだけど、松岡さんは何か予定あるの？」

「実家に帰るくらいしかまだ決めてないです。ああ、それから伴さんに誘われて、ボランティア活動に参加することにしました。日野さんと吉井さんも連れて」

本当はサークルの合宿もある。けど、行くかどうかは決めていない。める子と会話をしたあの日から三日間、サークルには顔を出していないし、誰とも連絡を取っていない。

「いいなあ、松岡さんは楽しそうで」

先生は寝そべったまま、恨めしそうな視線を向けてくる。最初は気づかないふりをしようとしたけれど、視線の圧力に耐えかねて、結局先生が欲しているであろう質問をしてしまった。

「先生はどうするんですか？」

どうせ家で漫画読むだけに決まってる。

ところが、先生は憂鬱そうにため息をつきながら身体を起こし、背中を丸めて両手で顔を覆った。

「親がね、お見合いしろって言うんだ」

「ええっ」

予想していなかった返答に、椅子から身体が浮いた。

「親って、要するに理事長のことですよね？」

「そう。僕は結婚する気なんてないって言ったんだけど、もう先方と日程の調整まで終わったらしいんだ。勘弁してほしいよ。初対面の女性と二人きりで話すなんて、想像しただけでぐったりするよ」

そう言うと、先生は本当にぐったりした様子で横になり、「嫌だ嫌だ」と駄々をこねながら、現実から目をそむけるように顔をソファーに押しつけた。あまりに情けない姿を目の当たりにして、先生をいじめてやりたいというものの嗜虐心が湧き上がってきた。

「まあでも、お父さんの気持ちもわかりますよ。いい年した大人がいつまでも家に籠もって漫画ばかり読んでると、誰だって心配になりますから」

「ん？　君、何言ってるの？」

先生が顔を上げ、怪訝そうに眉をひそめた。

「え、私、変なこと言いました？」

「お父さん、って誰？」

「はあ？　だから、お見合いに行けってお父さんから言われたんじゃないんですか？」

「父親は何十年も前に離婚して、それ以来会ってない」

「えっ？　でも理事長に言われたってさっき……」

「うん、だから理事長やってる僕の母親がお見合いを決めたんだって」

えっ……。

理事長って、女？

呆然としている私を見て、先生は私の勘違いに気がついたようだ。

先生が笑った。

「ずいぶんステレオタイプな考え方をするねえ」

その言葉は講義で学んだ。社会の中に存在する、先入観に囚われた画一的な物の見方を指す言葉だ。会社の社長や総理大臣など、重責を担う役職には男性が就くものだ、という先入観が講義では例として取り上げられていた。

ああ、まさに今の私だ。

よく覚えてないけど、上庭先生も幅増先生も、一度も性別を特定するような言い方をしなかったのだろう。私が、理事長は男だと勝手に思い込んでいただけなのか。

いや、違う。男だと判断した理由はちゃんとあった。

「理事長は自分の身分を隠してよくキャンパスに出没して、かわいい女の子がいないか物色しているって話を聞いたことがあるんです。あれは結局、根も葉もない噂だったたってことなんですか」

「いや、それは噂じゃない。恥ずかしながら事実だよ」

先生が顔をしかめた。

ええと、つまりどういうこと？

同性愛者？

いや、違う。だって男性と結婚して出産だってしている。

じゃあバイセクシャル？

困惑する私の耳に、突然、ドアが勢いよく開く音が届いた。

「やあ」

振り向くと、入口に一回り年上の女性が立っていた。真っ赤な唇を横に広げ、大きな瞳で私たちを見下ろしている。

彼女の顔は知っている。畠山さんの交際相手だ。名前は何だっけ……確か、与田さん？

「こんにちは、えみるちゃん」

彼女は私の名前を覚えていた。「古津さんたちのこと、いろいろ頑張ってくれてありがとう」

「へ？　いえ、そんな」

与田さん、古津さんの例の一件、知ってるの？

そんなことより、この部屋に来たということは、与田さん、先生に相談したいことがあるのか。自信に満ち溢れた彼女に悩みなんてあるのだろうか。

と思っていると、背後から先生の舌打ちが聞こえてきた。

「何しに来たんだよ」

今まで聞いたことのない、ぶっきらぼうな口調だった。驚いて先生を見ると、頬杖を突いて与田さんをにらんでいる。

与田さんが発した次の一言で、私はソファーからずり落ちた。

「息子の働きぶりを見に来ただけよ」

息子！

ということは、この色気たっぷりの女性が、草食系ど真ん中を行く先生のお母さん。

そして理事長。

ん？

「ちょっと待ってください！」

私は先生に詰め寄った。「先生、これはどういうことですか」

「何だよ血相変えて。というか、君、この人と知り合いなの？」

「はい。以前畠山さんって方が相談に来たじゃないですか。彼の恋人ですよ」

「ああ、やっぱりそうなんだ。彼の話を聞いていて嫌な予感がしたんだよ。まったく、相変わらずだな」

先生が額に手を当てる。

「あの、質問したいのは私の方なんですけど」

「何を訊きたいんだ」

気になることが多すぎて、何から訊けばいいかわからない。

「あの……まず名字が違うじゃないですか。確かあの方、与田さんっていう名前だって聞きましたけど」

「理事長だとバレないための偽名だよ。名字はもちろん上庭だ」

「それに、年齢だって四十二歳って畠山さんから聞きましたよ。先生と年近すぎじゃないですか」

「サバ読んでるんだ。本当は五十だ」

五十！

五十でこの色気！　この美貌！

畠山さんのことが心配になってきた。彼はどこまでこの人の正体を知っているんだろう。

「ええと、それにそれに、先生のお母さんってことは、大学の理事長でもあるってことですよね？」

「そうだよ」

「でも、院生なんですよね？　理事長のはずがないですよ！」

「院生で、理事長なんだ」

「は？　そんなこと可能なんですか？」

「この人は不可能を可能にするんだよ。担当の教員もかわいそうだよね。うかつに悪い成績つけたら首切られるかもしれないんだから」

「何のためにそんなことを……」

女子学生を物色するためだっけ？　だけど、同性愛者じゃない。意味わかんない。この人いったい何がしたいの？

与田さん……いや、理事長は、勝手にコーヒーを紙コップに淹れている。そして、砂糖とミルクをごっそりつかんでソファーの前まで移動してきた。

数えてみる。砂糖とミルク、十個ずつ。

間違いない。この二人、親子だ。

「えみるちゃん、まだ何か訊きたい？」

私の正面に座り、砂糖とミルクを次々と投入しながら私にほほえみかけた。

「……どうして院生になったんですか？」

「学生のときにこの子を授かったから途中で大学辞めちゃったのよ。子育ても終わったところで、あらためてちゃんと勉強したくなったの。それに、大学に通っていれば若い女の子とたくさん知り合えるじゃない。いい子がいたら、この子に紹介しようと思ってね」

理事長が先生の肩に手を載せた。

「紹介というと？」

理事長に代わって、うんざりした態度を隠さない先生が答える。

「僕の結婚相手を探してるんだよ」

「はあ……」

いい女性がいないか物色している、というのはそういう意味だったか。

「それで、いい人は見つかったんですか？　もしかして今度お見合いする相手って、うちの学生？」

「そのことだけどね」

理事長が先生を見た。「お見合いは中止にしてもらったわ」

喜ぶと思いきや、先生は警戒を解かない。

「今度は何を企んでるんだ？」

「企んでるなんて人聞きが悪いわね。あなたのためを思って頑張っているのに」

理事長が口をとがらせた。「あなたにぴったりの子が見つかったのよ」

「そんなことだろうと思ったよ。何度も言うけど、僕は結婚する気なんてさらさらないからね。その子とも会うつもりなんてないから」

「あら、もう会ってるじゃない」

理事長が私を見た。

「まさか」

私と先生が同時に言う。

「えみるちゃん。この子と結婚しない？」

嘘でしょ……？

「幅増君から聞いたわよ。この子を慕《した》ってくれているみたいじゃない。そんな奇特な子、あなたの他にいないわ」

「いや、先生としては頼りにしてますけど……」

「私、人を見る目には自信があるの。えみるちゃんなら大歓迎よ。どう？ お友達からでいいから、この子とつきあってみない？」

理事長が期待に満ちた目で私を見つめる。

やばい。この人、本気だ。

「私まだ学生ですから。結婚なんてとうてい考えられないです」

「私が籍入れたのは学生のときよ。結婚に早いも遅いもないの」

「ちょっと、先生からも何か言ってくださいよ！ このままだと私たち、むりやり結婚させられちゃいますよ！」

私は唾を飛ばして、先生にも反論をうながす。

だが、先生の顔を見た瞬間、私は絶句した。

先生は、ふだんの白い顔を真っ赤に染めて、恥ずかしそうにうつむいていた。

「ほら、この子もまんざらじゃないみたいよ？」

理事長が満足そうに先生の頭をなでる。

「ちょっと、先生、何を照れてるんですか！ 結婚なんてしたくないって言ってましたよね？　これからも一人で気楽に生きていきたいんですよね？」

先生の肩を揺さぶる。先生はうつむいたまま、私と目を合わせようとしない。

「えみるちゃん、週末は空いてる？　三人でお食事しましょう。おいしいレストラン、予約しておくから」

理事長がスマートフォンを取り出した。

「あの、勝手に決めないでください……」

「そうだ、ご両親を呼んでもいいのよ？　嫌らしいことを言うけど、上庭家に嫁いでくれば、お金には一生困らない生活ができます。ご両親もきっと喜んでいただけると思うわ。えみるちゃん、連絡取ってみてくれる？」

理事長は私に話しかけながらも指先を素早く動かしている。その横で先生は顔を赤くしたまま固まっている。

え、私、このまま先生と結婚するの？

「えみるちゃん、この子のこと、よろし……」

「いやだあああああ！」

私のステレオタイプな叫び声が、相談室に響きわたった。

単行本のあとがき

自己破壊的予言

将来の社会的状況に関する見通しを陳述した言明が、その将来状態に関与する関係主体に影響し行為主体の行動様式を変えさせることによって、結果的に当の言明が裏切られていく場合、これを自己破壊的予言という。

はじめまして、大石大《おおいしだい》です。

『シャガクに訊け！』をお買い上げいただきありがとうございます。あるいは、僕もよくやるのですが、書店で何となく手に取り、試しにあとがきに目を通してみよう、と思って立ち読みされている方もいらっしゃるでしょう。そんな方も、あとがきだけでも読んでいただければ幸いです。

『シャガクに訊け！』は、第22回ボイルドエッグズ新人賞受賞作であり、本書が僕のデビュー作となります。小説家デビューに至るまでの話を書きたいのですが、その前に、僕のジンクスの話をさせてください。

それは、「悲観的になった方が、物事はうまくいく」というものです。

今までの人生で、心配事があるとき、あるいは何かに挑戦するとき、自信を持てば持つほど悪い結果が出て、逆に不安になった方がいい結果に繋がる。そういうケースが子どもの頃から頻繁にありました。

一例を挙げると、例えば高校時代に所属していた山岳部。山岳部にもちゃんと大会というものがあるのですが、自信を持って臨んだ大会で惨敗し、勝てるわけないとやけっぱちな気持ちで臨んだ大会で圧勝する、ということがありました。

他にもいろいろと実例があるのですが、このジンクスが確固たるものに変わったのが、就職活動のときです。僕は就職浪人して公務員試験を受験したのですが、ある自治体の面接で、抜群の手応えを得ました。合格は間違いない、ついに僕にも就職の道が開けた、そう確信して発表の日を迎えました。

僕の受験番号は、合格者一覧にありませんでした。

半月後、別の自治体の合格発表がありました。このころにはほとんどすべての自治体が採用を終えていて、この試験に合格できなければ二度目の浪人が現実味を帯びてきます。手応えのある面接に落ちた直後だったので、自信はありませんでした。面接の出来もよくありませんでした。どうせ今回もダメだ、半ば諦めた状態で発表の日を迎えました。

結果は、合格。あのときの喜びは忘れられません。無事に僕は職を得ることができました。

それ以来、僕は何事にも必要以上に悲観的になるよう心がけてきました。職場に監査が入ることになれば、とてつもない誤りが見つかってきつい叱責を受けるんじゃないかという恐怖に怯えました。研修の講師を務めることになれば、しどろもどろな説明になってしまい、受講生に失望の目を向けられる展開を想像しました。そういった悲観活動が功を奏して、僕は数々の難局を乗り切ることに成功しました。

「悲観」というのは、僕にとってお守りみたいなものです。「何とかなる」と楽観的になることは怖くてできません。楽観を抱いたことが原因で悪い結果が出るのではないかと思ってしまうのです。僕にとっては、不安にならないこと、それ自体が不安なのです。悲観的になり、心を痛めつけることで、「こんなに悲観的になってるんだからきっといい結果が出る」と希望が持てるのです。我ながらしんどい生き方だと思います。

自己破壊的予言、という言葉があります。たとえば、選挙前の調査である政党が有利という結果が出た場合、その政党支持者が安心して投票に行かなくなり、当初の予測とは異なる結果が出る。将来を予言したことが原因で、予言と正反対の結末を迎える、これを自己破壊的予言といいます。

この概念を知ったとき、僕のジンクスに似ている、と思いました。

ダメだ！　と思うからうまくいく。大丈夫！　と思うから大丈夫じゃなくなる。

意識して悲観的になると述べましたが、もちろん意識するまでもなく本当に自信がない場合もあります。『シャガクに訊け！』をボイルドエッグズ新人賞に投稿したときは後者でした。これまで自信を持って投稿したことなど一度もないのですが、今回も同じでした。ただ、今までで一番面白い小説が書けた、という満足感はありました。

この作品は、大学で勉強した社会学の知識を活用すれば、誰も書いたことのない小説が生まれるのではないか、と考えたのがきっかけで書き始めました。改めて社会学を勉強し直し、その中から小説に使えそうな理論や考え方を探して、その理論を効果的に生かせるようにストーリーを組み立てていきました。

作風も大きく変えました。それまでは殺人犯やいじめの加害者を主人公にした暗い話を好んで書いていたのですが、活発で他者への思いやりに溢れた女性という、自分とは正反対の人間を主役にした楽しい小説にチャレンジしました。今までで一番手間のかかった小説になったし、手間をかけただけのことはあると思える小説に仕上がりました。

それでも、受賞できるとは思っていませんでした。小説家デビューが山頂だとすると、この小説を書けたことで僕はようやく五合目あたりに到達したところだと認識していました。頂上はまだ遠く、これからもひたすら険しい山道を登っていかなければいけないのだと考えていました。投稿後、新人賞受賞の電話が来てガッツポーズする姿を想像しては、「そんな都合のいい妄想はやめて、早く新しい小説を書け！」と自分を叱咤していました。

だから、本当に受賞の電話を受けたとき、現実の出来事だとすぐには信じられませんでした。エージェントの村上達朗さんと実際に対面するまで、僕は妄想の世界に迷い込んだのではないかという疑念を払拭できずにいました。

晴れて新人賞受賞となったものの、即デビューとはいきません。

ボイルドエッグズは小説家のエージェント業務を行う会社であり、出版社ではありません。受賞作を改稿してから各出版社に送付し、「我が社で出版したい」と手を挙げる会社があって初めて書籍化が決まります。誰も出版の意思を示さなければ、デビューはできず、投稿生活に逆戻り、ということになります。

二カ月かけて改稿作業を行い、完成した原稿を出版社に送付しました。本来であれば、ここからがジンクスの出番です。最悪の結末を想像し、自分をどん底にたたき落とすことによって、望む成果を引き寄せる。いつものやり方です。

ところが、この悲観活動が難航を極めました。

改稿後の原稿に、僕は手応えを感じてしまったのです。

村上さんの指導のおかげで、贅肉の多かった文章が引き締まり、荒削りだった原稿が、テンポよく読みやすい小説に変貌しました。登場人物の魅力がより際立ち、細部の矛盾も解消され、書店に並べる価値のある作品に仕上がった、と思ってしまったのです。

人生がかかったこの局面で、僕はタブーだったはずの自信というものを持ってしまいました。

結果が出るまでの一カ月間、僕は全力で自分の鼻をへし折る努力を続けました。お前に才能などない。お前の自信などただの思い上がりだ。お前程度の人間が書く小説など面白いわけがない。懸命に自分を否定しました。その一方で、吉報が届いていないかな、という下心を持って、メールの受信ボックスを、ちらっ、と覗く。そんな毎日を過ごしていました。

僕の努力は、実を結びました。

光文社が、出版したいという意思を示してくれたのです。光文社からのメールには、僕の懸命な自己否定とは対照的に、作品を評価する嬉しい言葉が並んでいました。その後、光文社の貴島潤さん、光英麻季さんの助言を元にさらなる改稿を行い、無事に『シャガクに訊け！』は出版されることになりました。光文社の貴島さん、光英さん、ボイルドエッグズの村上さんにはお世話になりました。ありがとうございます。

やはり、ジンクスの力は偉大でした。ジンクスに忠実になったおかげで、僕は念願の小説家デビューを果たすことができました。これからも、何事にも自信を持たず、「何とかなる」などというふやけた言葉を敵視して、悲観の思いを大切に、生きていきたいと思います。

さて、いよいよ本書が発売されることになった今、僕は新たな不安を抱いています。

僕の小説になんて、誰も注目してくれないんじゃないだろうか。この程度のクオリティーの小説など、きっと世の中には山ほどある。読んでくれる人なんてごくわずかだろうし、読んだ人たちも、きっと金と時間を無駄にしたと憤慨するに決まってる。売れないから次作の依頼も来ない。この一作で僕の作家生命は終わり、海の藻屑となって消え去ってしまうに違いない。

ちらっ。

二〇一九年八月

大石大

文庫版のあとがき

単行本の刊行から三年が経ちました。

単行本のあとがきに、「この一作で僕の作家生命は終わり、海の藻屑となって消え去ってしまうに違いない」と書きましたが、この三年の間にもう二冊刊行することができ、今のところは何とか藻屑とならずに済んでいます。

文庫化に伴い、文章の修正を行いました。三年前の文章は今の自分からすると無駄な文章や語句があまりにも多く、やはり当時のあとがきに「贅肉の多かった文章が引き締まり」とあるのを見つけて恥ずかしくなりました。単行本を買ってくださった方には申し訳ない気持ちでいっぱいですが、昔の文章を恥ずかしいと思えるのは成長の証だ、とむりやり自分を納得させています。今回の手直しで、今度こそ贅肉の取れた文章になっている……と思うのですが、三年後に読み返したらまた赤面するのかもしれません。

と、三年の間に起こった僕のささやかな進歩などどうでもよくなるくらい、世界は二〇二〇年を境に大きく変わってしまいました。本作は大学が舞台ですが、作中で書かれているような充実したキャンパスライフを奪われた方もたくさんいることと思います。貴重な四年間を狂わされた方々の心境を思うと、言葉もありません。

この小説に出てくる学生たちも、みな突然の災厄にショックを受けているでしょう。特に主人公の松岡《まつおか》えみるは「大学に行きたい！」「ゼミに行きたい！」と、家の中でフラストレーションを溜めまくっているに違いありません。ただ唯一、人前で話すのが苦手な上《うえ》庭《ば》先生だけは、講義がリモートになったことを喜び、家の中でだらだらしながら「こんな日々が一生続けばいいのに」と不謹慎な望みを口にしていそうな気がします。

二〇二二年になっても不穏なニュースが続き、未来に不安を抱くことも多くなりました。でも、どんなときでも、新しい時代を作るのは僕たちひとりひとりの知恵と勇気です。上庭先生のような真実を見極める知恵と、えみるのような正しさを貫く勇気があれば、どんな困難も乗り越えられる。そう信じて、日々を積み重ねていくしかない、と思っています。文庫になったことで、この物語がさらに多くの人に届くことを願っています。

二〇二二年七月

大石大

解説

金原瑞人《かねはらみずひと》
（文学研究家・法政大学社会学部教授）

一九世紀のアメリカで、エドガー・アラン・ポーが「モルグ街の殺人事件」や「マリー・ロジェの謎」で創造した「天才探偵＋ちょっととぼけた語り手」というパターンは、コナン・ドイルの「ホームズとワトスン」のコンビを経て、世界中に広がった。これがミステリを書くのに便利な設定なのかどうかはわからないが、とにかくこの形式の作品は、洋の東西を問わず、書き続けられている。ついこのあいだも、莫理斯《トレヴァー・モリス》の『辮髪《べんぱつ》のシャーロック・ホームズ　神探福邇《しんたんフーアル》の事件簿』（文藝春秋）が出たばかりだ。これは舞台を一九世紀末のイギリス領香港にしたところがポイントで、アヘン戦争後のいくつかの歴史的事件が作品に彩りを添えている。この例をみてもわかるように、いま「ホームズとワトスン」形式を使うなら、いかにユニークな設定を創出するか、そこがまず問われる。

二〇一九年に出版された『シャガクに訊《き》け！』は、この条件を十分に考慮に入れたうえで書かれている。というか、そこがまず、うまい！

舞台は、某大学の学生相談室。木曜日の午後、そこに相談にやってくる学生の抱えている難問を見事に解決する、あるいは解決するためのヒントをあたえてくれるのが社会学者の卵の上庭《うえば》良明《よしあき》先生……なのだが、この人物が楽しい。

「お洒落《しゃれ》」という概念がまったくなく、いつも「黒い安物のトレーナーに、黒のジーンズ。靴までも、いつもと同じ黒のスニーカー」で、すべて同じものを上下それぞれ十着持っている。何より問題なのは、講義は極端につまらなく、学生の信頼もまったくなく、ゼミ生はひとりもいないというところだ。

その最初のゼミ生に抜擢された……というか、その役を押しつけられたのが、ワトスン役の松岡《まつおか》えみる。彼女は大学生活一年目を遊びとアルバイトに明け暮れたあげく、単位が足りず留年しかけたが、基礎ゼミの担当教員だった幅増《はばます》先生のはからいにより（裏取引ともいうが）、上庭ゼミに入ることを条件に進級を許される。

こんなふたりの待つ相談室にやってくる学生がいるのかというと、こんなふたりが待っているとはまったく知らない学生がやってくる。そして、ケーキをぱくつきながら、コーヒーを飲んでこちらを見ようともしない上庭先生をみて戸惑うが、えみるは「この先生、ただのダメ人間にしか見えないかもしれないですけど、いやダメ人間なのは事実ですけど、最後には必ずいいアドバイスをしてくれますから、安心して相談してください」といってほほえむ。

まずこのコンビに拍手。

次に、謎解きの手法が楽しい。なにしろ、快刀乱麻《かいとうらんま》を断つ刀が「社会学」なのだ。

そもそも、社会学という言葉があやしい。社会学部の卒業生からよくきくのだが、就職面接のとき、「社会学を学んだそうですが、社会学って、どんな学問か説明してください」といわれるのがつらいらしい。社会学の底が浅いのかどうかは知らないが、歴史は浅い。哲学とか文学の場合、すでに立派な母屋《おもや》ができていて、あとはどんなふうに増築するか、どこを改築するかを考えればいいのだが、社会学は、まだ基礎工事の途中だ。今後、どう展開、発展するのかまったく見当もつかない。ただ、そのぶん、自由ともいえる。

上庭先生の言葉を借りれば、こんな感じだ。

「こんなに自由な学問は他にないんじゃないかと思ってるよ。君が最初に言ったとおり、社会学が何をする学問なのか、イメージすることは難しい。だけどそれは、範囲の広さ、自由さの裏返しでもある。何をやっているのかわからないんじゃなくて、何をやったっていいんだ。それが、この学問の最大の魅力なんじゃないかな」

そんな社会学の理論を使って、学生の悩みにこたえようというのだから、そこもまた疑わしい。

たとえば、こんな調子。

「弟は高校三年生なのですが、一年生の頃から非行に走るようになりました」→ラベリング理論

「どちらの女性も僕は好きなんです。浮気じゃなくて、二人に対して本気で愛情を抱いているんです」→文化人類学

「就活が辛くてたまらないんだ」→認知的不協和の理論

昔の格言を使えば「鶏を割くにいずくんぞ牛刀を用いん（鶏をさばくのに、牛をさばくでっかい包丁を使うことはない）」というところだ。社会学理論？ 個人の悩み解決に使うには大げさすぎないかと思ってしまう。ところが、まるで手品のようにきれいに悩みが解決する……かどうかはさておき、相談にやってきた学生はみんな、明るい表情で相談室を出ることになる。それは、この本を読んだ方にはよくわかっているはずだ。

つまり、社会学の理論というのは中華包丁らしい。中華包丁は大きい。そして重いし、よく切れる。これが一本あれば、肉も魚も野菜も切れるし、魚の骨をたたき切ったり、ニンニクをつぶしたりすることもできる。また幅も広いので、切り刻んだ食材をのせて、そのまま中華鍋に放りこむこともできる。社会学というのは人間社会の問題を発見し、それを解決するための方法を探求することが目的なのだが、こんなふうに便利に使えるのだ

……ということを、この本は教えてくれる。

それが嘘か本当かはわからないものの、これをミステリの調理に使ったところが本作の大きな魅力になっている。そして、だれもが上庭先生の話をきいて、それまで信じこんでいた狭い常識から解放されるところが快感だ。この中華包丁は人をがんじがらめにして身動できなくする社会規範というロープを小気味よく断ち切ってくれる。

しかしなによりこの作品が素晴らしいのは、構成だと思う。最初、何人かの学生や院生が相談にやってきて、それぞれを上庭先生とえみるのコンビが解決に導くという形で進んでいくので、てっきり連作短編集かと思うのだが、後半、それまでに登場した学生たちが思いがけない形でからんできて、大きなストーリーに展開し、それに上庭先生とえみるが巻きこまれ、その葛藤《かっとう》にふたたび社会学理論がダイナミックに決着をつける。この流れがじつにうまい。そして、最初から読み直してみると、いたるところに……とまではいわないが、あちこちに周到な伏線が張られている。とくに謎の理事長がらみの伏線はもう、ずるいとしか言いようがない。とにかく、これが最初の作品とは思えないくらい、うまいのだ。

ミステリにあまり詳しくはないのだが、このスタイルの作品はそう多くないはずだ。作者自身、その点をしっかり意識していたらしく、次作『いつものＢａｒで、失恋の謎解きを』（双葉社）も、これを踏襲している。こちらはバーが舞台で、「私っていつもこうなんです。好きな人や恋人ができても、必ず今日みたいに、男性がたいした理由もないのに急にへそを曲げちゃって、理不尽な形で関係が終わっちゃうんです」とこぼす女の子が登場する。そしてそれを聞いた男が、彼女の振られた原因（謎）を、心理学の諸理論を使って解き明かしていくという趣向。この作品も、後半から大きな物語に展開して、最後、きれいにまとまっていく。

最新作『死神を祀《まつ》る』（双葉社）もまた、大石大《おおいしだい》の意欲作。三十日間、毎日お参りをすると、快楽の中で死を迎えることができるという神社が舞台だ。これまでの二作をうまく継承しながら、さらに新しい方向性を模索《もさく》しているところが頼もしい。これからの、さらなる活躍を期待したい。

各章題の説明文は、すべて『社会学小辞典　新版』（濵嶋朗・竹内郁郎・石川晃弘編／有斐閣　一九九七年）より引用しています。

参考文献

『カラー版　徹底図解　社会心理学　歴史に残る心理学実験から現代の学際的研究まで』（山岸俊男監修／新星出版社　二〇一一年）
『服従の心理』（スタンレー・ミルグラム著　山形浩生訳／河出文庫　二〇一二年）
『脱常識の社会学　第二版　社会の読み方入門』（ランドル・コリンズ著　井上俊・磯部卓三訳／岩波現代文庫　二〇一三年）
『命題コレクション　社会学』（作田啓一・井上俊編／ちくま学芸文庫　二〇一一年）
『サブリミナル・マインド　潜在的人間観のゆくえ』（下條信輔著／中公新書　一九九六年）
『ヤノマミ』（国分拓著／新潮文庫　二〇一三年）

本書は第22回ボイルドエッグズ新人賞受賞作（二〇一九年二月受賞発表、同年十月に小社より単行本として刊行）を文庫化したものです。

光文社文庫

シャガクに訊《き》け！
著者　大《おお》石《いし》　大《だい》

2022年10月20日　初版1刷発行

発行者　鈴木広和
印刷　堀内印刷
製本　ナショナル製本

発行所　株式会社　光文社
〒112-8011　東京都文京区音羽1-16-6
電話　(03)5395-8149　編集部
8116　書籍販売部
8125　業務部

ISBN978-4-334-79438-5　Printed in Japan

組版　萩原印刷